快与慢

一只蜜蜂

一只蜘蛛

蜜蜂代表了古人的一种品位,蜂巢稳定有序,是有理数的象征:确定和优雅。

蜘蛛象征了现代人的一种理性,蜘蛛网呈几何图形,是无理数的代表:不确定和不斯文。

蜜蜂筑巢,无论采集什么,都滋养了自己,但丝毫无损花朵的芳香、美丽和活力。

蜘蛛吐丝,无论形状怎样,都是织造粘网,为了猎杀他者……

"轻与重"文丛的 2.0 版

主　编　点　点

编委会成员（按姓氏笔画排序）

伍维曦　杨　振　杨嘉彦　吴雅凌　陈　早
孟　明　袁筱一　高建红　黄　荭　黄　蓓

"保守"和"进步"两个词语,
并不全然是时代划分的修饰词,
即便它们可能有这样的用法,
但更常见的是对具有现实意义的论争立场的表述……

——勒策

华东师范大学出版社六点分社　策划

快与慢
点点 主编

欧洲文学中的传统与现代

简论"古今之争"

[德] 勒策 著　温玉伟 译

Hans Gerd Rötzer

Traditionalität und Modernität
in der europäischen Literatur
"Querelle des Anciens et des Modernes"

华东师范大学出版社

缘 起

倪为国

1

继"轻与重"文丛,我们推出了2.0版的"快与慢"书系。

如果说,"轻与重"偏好"essai"的文体,尝试构筑一个"常识"的水库;书系Logo借用"蝴蝶和螃蟹"来标识,旨在传递一种悠远的隐喻,一种古典的情怀;"快与慢"书系则崇尚"logos"的言说,就像打一口"问题"的深井,更关注古今之变带来的古今之争、古今之辨;故,书系Logo假托"蜜蜂和蜘蛛"来暗合"快与慢",隐喻古与今。如是说——

> 蜜蜂代表了古人的一种品位,蜂巢稳定有序,是有理数的象征:确定和优雅。
>
> 蜘蛛象征了现代人的一种理性,蜘蛛网

呈几何图形,是无理数的代表:不确定和不斯文。

蜜蜂筑巢,无论采集什么,都滋养了自己,但丝毫无损花朵的色彩、芳香和美丽。

蜘蛛吐丝,无论形状怎样,都是织造粘网,为了猎杀他者……

2

快与慢,是人赋予时间的一种意义。

时间只有用数学(字)来表现,才被赋予了存在的意义。人们正是借助时间的数学计量揭示万事万物背后的真或理,且以此诠释生命的意义、人生的价值。

慢者,才会"静"。静,表示古人沉思的生活,有节制,向往一种通透的高贵生活;快者,意味"动",旨在传达现代人行动的生活,有欲望,追求一种自由的快乐生活。今日之快,意味着把时间作为填充题;今日之慢,则是把时间变为思考题。所以,快,并不代表进步,慢,也不表明落后。

当下,"快与慢"已然成为衡量今天这个时代所谓"进步"的一种常识:搜索,就成了一种新的习惯,新的生活方式——我们几乎每天都会重复做这件事情：搜索，再搜索……

搜索，不是阅读。搜索的本质，就是放弃思考，寻找答案。

一部人类的思想史，自然是提问者的历史，而不是众说纷纭的答案历史；今日提问者少，给答案人甚多，搜索答案的人则更多。

慢慢地，静静地阅读，也许是抵御或放弃"搜索"，重新学会思考的开始……

3

阅读，是一种自我教化的方式。

阅读意义的呈现，不是读书本身，而是取决于我们读什么样的书。倘若我们的阅读，仅仅为了获取知识，那就犹如乞丐渴望获得金钱或食物一般，因为知识的多少，与善恶无关，与德性无关，与高贵无关。今天高谈"读什么"，犹如在节食减肥的人面前讨论饥饿一样，又显得过于奢求。

书单，不是菜谱。

读书，自然不仅仅是为了谋食，谋职，谋官，更重要的是谋道。

本书系的旨趣，一句话：且慢勿快。慢，意味着我们拒绝任何形式对知识汲取的极简或图说，避免我们的阅读碎片化;慢,意味着我们关注问题,而不是选择答案;慢,意味着我们要回到古典,重新出发,凭靠古传经典,摆脱中与西的纠葛,远离左与右的缠斗,跳出激进与保守的对峙,去除进步与落后的观念。

从这个意义上说,我们遴选或开出的书单,不迎合大众的口味,也不顾及大众的兴趣。因为读书人的斯文"预设了某些言辞及举止的修养,要求我们的自然激情得以管束,具备有所执守且宽宏大量的平民所激赏的一种情操"(C. S. 路易斯语)。因为所谓"文明"(civilized)的内核是斯文(civil)。

4

真正的阅读,也许就是向一个伟人,一部伟大作品致敬。

> 生活与伟大作品之间/存在古老的敌意(里尔克诗)。

这种敌意,源自那个"启蒙",而今世俗权力和奢华物质已经败坏了这个词,或者说,启蒙运动成就了这种敌意。"知识越多越反动"恰似这种古老敌意的显白脚注。在智能化信息化时代的今日，这种古老的敌意正日趋浓烈，甚至扑面而来，而能感受、理解且正视这种敌意带来的张力和紧张的，永远是少数人。编辑的天职也许就在于发现、成就这些"少数人"。

快，是绝大多数人的自由作为；慢，则是少数人的自觉理想。

著书，是个慢活，有十年磨一剑之说；读书，理当也是个细活，有十年如一日之喻。

是为序。

目 录

弁言 / 1
一、论争:一个恒久的现象 / 5
二、异教徒的古代 / 15
三、基督教的古代 / 45
四、早期中世纪 / 63
五、中世纪盛期和晚期 / 76
六、文艺复兴时期至 17 世纪末 / 114
参考文献 / 168

附录

古今之争(多玛) / 181
 1. 基本特征与前史 / 181
 2. 论争与君主国的文化政策 / 185
 3. 通往 18 世纪进步范式之路 / 192
 4. 论争在启蒙中的功能变迁 / 201
 5. 时代变革中的论争 / 205

6. 展望 / 210

参考文献 / 213

歌德与古今之争（勒策）/ 222

参考文献 / 227

译后记 / 229

弁　言

无论是强调某一文学潮流更好还是更合时宜,都隐含了其赞成者有意识地摆脱或远离另一潮流。评判的标准既可以来源于与众不同的内容亦可以来源于独树一帜的风格,或者总地来说是依据社会变迁和与之相关的文学旨趣的变化。"保守"和"进步"两个词语,并不全然是时代划分的修饰词,即便它们可能有这样的用法,但更常见的是对具有现实意义的论争立场的表述,对立双方为了证明自己的文学成就,往往在论争中都乞灵于传统中地位牢固的典范。而争论只囿于现实性众说纷纭的意见,而不言明对昔日典范的回溯,也是有可能的。

古今之争,这个题目最初指的只是17世纪末法国的文学-美学论争,①今天人们用这个题目来

---

① 译注:其实(至少)早在20世纪60年代,已经有人指出,古今之争并不仅仅是"一场单纯的文学争论","它根本上是现代哲学或科学与古代哲学或科学之间的一(转下页注)

概括整个古今之争问题。当然,人们在古今之争史中从未严格地划分过历史性的和现实性的论证。人们可以说这些倾向于强调历史方面或现实方面的重点是论辩性的,而实际上,两方面都虽有侧重,但一直都有交合。自古代至近代这都是适用的。从文学发展史来看,今人常常因其追溯过往事物而以古人的推崇者形象出现;反之亦然。

对立双方不断转变的立场决定了各自的论争史是否合乎时宜。要解释这一历史,我们只能追寻并描述这一过程。它无法被归结为简洁的论点,因为此间的过程太过复杂、太过矛盾。"现代"概念产生于古代至中世纪的过渡时期,但是论争则与文学本身一样古老。古人与今人的争论——亦有其他称谓——一直可上溯至希腊古典时期,它自一开始就是文学史和文学审美反思的对象。因此,尽管存在这样的困难,即科学意义上的历史性理解直到几个世纪之后方才形成,但是我们将探寻的足迹踏回到古代,是完全有道理的。

(接上页注)场争论",我们需要将古今之争引入到更为广泛的领域。参 Leo Strauss,"我们时代的危机",见氏著《苏格拉底问题与现代性》,刘小枫编,彭磊、丁耘等译,华夏出版社,2008,页2。关于我国的古今中西之争可参甘阳《古今中西之争》,北京:生活·读书·新知三联书店,2006。

这个导论性质的研究，只能为研究对象复杂的枝蔓提供一个粗略的概貌。我们只是从诺顿（Eduard Norden）、施波尔（Johannes Spörl）、库尔提乌斯（Ernst Robert Curtius）、福伦特（Walter Freund）、耀斯（Hans Robert Jauß）、戈斯曼（Elisabeth Gößmann）等人汇编和筛选的一系列材料里选择了一些代表性的内容。① 为使这一概览作品

---

① Eduard Norden,《古代艺术散文：从公元前 6 世纪至文艺复兴时期（两卷）》(*Die antike Kunstprosa. Vom VI. Jahrhundert v. Chr. bis in die Zeit der Renaissance*, 2 Bde. [¹1898], Nachdruck Darmstadt 1958)；

Johannes Spörl,《中世纪的古老和新事物：中世纪进步意识问题研究》(Das Alte und das Neue im Mittelalter. Studien zum Problem des mittelalterlichen Fortschrittsbewußtseins)，载 *Historisches Jahrbuch*, 50, 1930, 页 297—341；498—524；

Ernst Robert Curtius,《欧洲文学与拉丁中世纪》(*Europäische Literatur und lateinisches Mittelalter* [¹1948], Bern-München 1963；[译按]该最新版为第 11 版, 1993；中译见林振华译, 浙江大学出版社, 2017)；

Walter Freund,《"现代"以及其他中世纪时间概念》(*Modernus und andere Zeitbegriffe des Mittelalters*, Köln-Graz 1957)；

Hans Robert Jauß 编,《佩罗：古今对比》(*Ch. Perrault, Parallèles des Anciens et des Modernes*, München 1964),"导言",页 8—88；《作为挑衅的文学史》(*Literaturgeschichte als Provokation*, Frankfurt 1970)；《中世纪文学的古与新》(*Alterität und Modernität der mittelalterlichen Literatur*, München 1977)；

Elisabeth Gößmann,《中世纪的古人与今人》(*Antiqui und Moderni im Mittelalter. Eine geschichtliche Standortbestimmung*, München-Paderborn-Wien 1974)。

读起来轻松,笔者译出了所有外文引文,或做了总结性陈述。引文的原文则见注释部分。①

---

① 译注:原文引文或注释采取的是尾注,在中文译文中通改为脚注形式。

一、论争:一个恒久的现象

[1]诺顿在其引证翔实的经典之作《古代艺术散文》结论处如是说,"古代修辞学——广义上也指文学,因为它愈发受修辞学的影响——自公元前5世纪起便有了持续的发展,并且处在阿提卡风格和亚细亚风格这两种修辞学流派充满张力的长久分歧中"。不同的修辞学-诗学方案后来也被应用在整个文学上面,因而,丝毫不用歪曲事实,我们大可以说这是一场文学之争。这场论争早在罗马帝国时期便达到顶峰:

> 古风派和新风格派相互对立(另一流派试图调和二者),前者师从阿提卡古典作家,后者则承袭柏拉图时期的智者和智者所运用的亚细亚风格修辞学;于是前者带来的后果是完全的停滞,在后者则是进步:原因在于人

们所模仿的古典主义,本质是凝滞的,无力做出改变,而不受任何规范制约的风格则无限地蓬勃发展起来。①

由此看来,双方在这场论争中为自己辩护的论据都有其根源,他们都以早期希腊化时期之前的古希腊文学中的范例为根据,在一种已成为过去但仍被引以为训的文学的背景下,人们对孰新孰旧、孰过时孰时新这个问题做出回答;榜样自身中的矛盾观点也被带到人们的[2]当下时代。新事物不一定要脱离过往事物,就像旧事物一样,它意味着重复和吸收早已为人所知的文学流派。

库尔提乌斯视古人和今人、传统派与今人派之间的冲突为文学史的普遍现象。在他看来,阿提卡派与亚细亚派之间的论争只是一个无终结的争论的开端。在《欧洲文学与拉丁中世纪》一书中,他持这样的论点:

> 古典作家永远是"古人"。人们可以承认他们是榜样,也可以因他们已过时而予以否

---

① Norden,前揭,页391及以下。

定。由此，才有了古今之争。这是文学史和文学社会学的恒久现象。①

库尔提乌斯称，在此背景下，亚细亚风格即是欧洲矫揉造作之风的雏形，而阿提卡风格则是欧洲古典主义的雏形。② 他把诺顿的论点应用于整个文学领域。即便如此，无论诺顿还是库尔提乌斯所指的都不是时代性的对立或一代代诗人的承继，其结果是造成其中某些因为与当下时代渐增的距离而顺势成为了古人；相反，他们指的是在时代之间不断重复的风格上的对立。库尔提乌斯用古典主义和矫饰风格两个概念定义这一对立。严格来讲，这两个概念是回顾性的，因为古典主义和矫饰风格只能从它们与文学传统的关系来得到定义。而两种潮流都缺乏的是突进性的、以更新为目的的、通过在当下时代里预示未来从而超克往昔的方面。它们的区别只在于接受或超越过往事物的方式。但是，古代文学是否全然——即便也有不断变化的目标——以传统为鹄的，也值得商榷。

---

① Curtius，前揭，页 256。
② 同上，页 76。

[3]阿特金斯在两卷本《古代文学批评》中虽然强调亚细亚派与阿提卡派论争之于古代文学批评的意义,并且相较于诺顿和后来的库尔提乌斯有过之而无不及,但他也尝试对二者进行区分。在他看来,在过去的许多世纪,人们并不总是以同样的热情去论争的。公元前3、4世纪,也就是早期希腊化时期,人们才首次清晰地从中察觉到论争。在当时语法学家的影响下,人们注意到了早期的保守趋势,修辞学-诗学规则系统得以确立,古典作家典籍也得以形成,而基础则是公元前4、5世纪的阿提卡古典文学,人们从它里面提取出审美规范系统的标准。这一发展就是对不同社会条件下形成的时新文学的反应,对于阿提卡城邦而言,它在品质上是异质的;而且此时文学活动早已转移到地中海的多个中心。据说,阿提卡古典文学的范式会抵挡住大家所认为的瓦解趋势。不过在阿特金斯看来,争论也表明古典理想不再会被毫无争议地接受了,在某种意义上,它是古人与今人之间第一次冲突。[①] 公元前1世纪的罗马重新出现了这种局面,不过是在更狭窄的修辞学领

---

① John William Hey Atkins,《古代文学批评》(*Literary Criticism in Antiquity*[¹1934], London ²1952),卷一,页194。

域中,人们在这里关心的问题是,罗马演说家应该追随古典希腊时期还是希腊化时期的演说家的榜样。① 人们要效仿阿提卡演说者明晰、简洁的风格——至于哪些人属于此派,意见也不尽统一——还是亚细亚派繁琐的方式,这一讨论属于罗马学习希腊文学这一更大的背景。值得注意的还有,古与今的立场并不能从时间上来划分,因为双方都通过上溯传统来为各自的修辞学-诗学方案进行辩护。[4]只有在问及两种风格流派对于罗马演说者当下任务的适宜性时,人们才注意到当下时代。

在诺顿《古代艺术散文》出版几年之后,维拉莫维茨便在"亚细亚风格和阿提卡风格"一文中同其展开论争,他坚决反对诺顿的观点,即所谓的冲突是古代文学一个不间断的现象。他说,直到公元前1世纪中期争论才出现在罗马。当时,罗马人刚刚结束了他们在亚细亚行省的修辞学研究,并见识到当地主流的风格流派,这一流派已从阿提卡演说术的模范中解放出来。② 而争论在六十

---

① Atkins,《古代文学批评》卷二,页15。
② Ulrich von Wilamowitz-Moellendorff,《亚细亚风格和阿提卡风格》(Asianismus und Atticismus),载 *Hermes*,35,1900,页1—52,此处见页7。

年之后就已经以阿提卡人的胜利而宣告结束。即使要谈什么延续性,那也只是针对阿提卡风格而已,它不断对抗后古典时期的文学并将古典文学视为永恒的根柢。而亚细亚风格则不应如诺顿所说的那样,即直接继承的是公元前 4 世纪的智术师派或者希腊化时期的艺术散文,须知艺术散文是个较晚且昙花一现的现象。①

即便上述言之有理,不同时代和地域围绕这一修辞学-诗学论争所做出的尝试也有个共通之处:它们强调的是其回顾性的特征。对于阿提卡古典和随之而来几个世纪之后古代世界的文学创作来说,imitatio[模仿]和 aemulatio[较量]这两个概念是理解的关键。根据如今对古-今对立的理解,人们会将这场论争的对立双方都列入古人阵营,因为这里缺失或并未明确显示出进步性或进化性变化的因素,或有意识地脱离传统规范的要素。这并不意味着,古代思维不熟悉那种纯粹的时代性对立的观点,[5]或任何时代都必然会成为过往。

耀斯在晚近重新提起这一观点。他说,每个时代对新事物的诉求,都会在历史中不断自我扬弃:

---

① 同上,页 22。

因为几乎在整个希腊与罗马的文学和教化史中,自亚历山大时期的荷马批评到塔西佗的演说者对话,崇今者的这些诉求一再引发与崇古派之间的论战,但最终重又随着历史的前行而自发地得到调和。今人随着时间不可避免地成为了古人,而后来者又扮演了新派人士的角色。①

古与今都是相对的概念。亚历山大的语法学家阿里斯塔克(Aristarch von Samothrake,约公元前216年至公元前144年)通过对荷马、阿吉洛克斯、阿尔开俄斯、阿那克里翁、品达、埃斯库罗斯、索福克勒斯、伊翁以及阿里斯托芬等人系统的注释,创造出一种古代榜样的规范,当时他已将卡里马霍斯(Kallimachos,约公元前310年至前240年)算作今人,因为后者倾向于短小精悍的文学形式,而非传统的鸿篇巨制。② 而在罗马的新派人士尤其是卡图(Gaius Valerius Catullus,约公元前84年

---

① Jauß,《文学史》,页12。
② 译注:柏拉图《王制》中(卷2,377c‑e)"审查"城邦文学的时候,谈及类似问题,如将赫西俄德、荷马等诗人的作品归为"篇幅较大的故事"。中译参王扬译《理想国》,华夏出版社,2012,页71。

至前54年)看来,卡里马霍斯已成为经典的榜样。库尔提乌斯称注释道,①西塞罗亦对此二概念的相对性有过反思;西塞罗说,从罗马的立场出发,阿提卡演说者是古老的,而从雅典的时间刻度来看则是年轻的。② 西塞罗自己则将亚里士多德(公元前384年至322年)和泰奥弗拉斯特(公元前372年至287年)归为古人。③ 塔西佗的《编年史》告诉我们,所有被当下人视为古老的事物都曾是新的;而新事物有朝一日也都会成为古老的。④ 不过,将古人与今人分开的时间界限并无法机械地得到确定;因为很明显,早前时代的作者比起晚近作者更能接近当下人。[6]塔西佗《关于演说家的谈话》中阿佩尔和美萨拉关于当下时代能回溯多远的争论,被这样的共识所平息:西塞罗之所以属于当下作者,因为人的一个世代会达到120年;⑤最后,阿佩尔还知道一位曾与凯撒斗争过的不列颠人,而

---

① Curtius,《欧洲文学》,页258。
② Cicero,《布鲁图斯》(*Brutus*),卷10,行39。
③ Cicero,《演说家致布鲁图斯》(*Orator ad M. Brutum*),卷64,行218。
④ Tacitus,《编年史》(*Annales*),卷11,章24。[译注]中译本参《编年史》,崔妙因译,商务印书馆,1964,页340。
⑤ Tacitus,《关于演说家的谈话》(*Dialogus de oratoribus*),章17。

美萨拉则承认,对他而言,关于谁应被视为古人的问题并不是引起争论的因由。① 美萨拉认为一位作家作品质量是高于他的历史地位的;时代的远近并不能当作一部作品价值和现实意义的标准。针对颂扬古人的人,塔西佗如是说:

> 在我们之前的古代,事情确乎并不是样样比我们的好;我们自己的时代也产生了不少道德上的和文学艺术上的典范可供我们的后人模仿。②

对于古代而言,新事物不断转变为旧事物并不一定与进步性的变化、不可复还的时代之接替的观念相关。毕达哥拉斯派早就表达过永恒循环的说法,一切事物在其中都再次回到它的开端:生成与消亡是永恒的、某种意义上循环性变化的轮回。贺拉斯(公元前65年至前8年)将文字的变迁比作脱落旧叶的森林;同样,较古的世代在文字上也不如新时代的年轻力量。③ 不过,旧事物不

---

① Tacitus,《编年史》,章25。
② Tacitus,同上,卷3,章55。[译注]中文页178。
③ Horaz,《诗艺》(*Ars poetica*),行60—62。[译注]中译参杨周翰先生译《诗艺》("外国古典文艺理论丛书"《诗学·诗艺》,北京:人民文学出版社,1962),页140。

会被永远忘记或者消逝：

> 许多已经消失的表达,将会再次复兴;目下起作用的会随着习俗而消逝;因为习俗裁判、调整并制定规范。①

---

① Horaz,同上前揭,行70—72。[译注]同上,页140—141。

二、异教徒的古代

处在文学论争开端的是前苏格拉底哲人对荷马神话以及为之奠基的宇宙谱系的批判。前苏格拉底哲人——这是他们在个别方面的分歧之外的共识——从保有宇宙的原则和力量中解释宇宙的存在并从宇宙中认识到其结构、冲合现象和规律性,荷马的世界看起来似乎是诸神恣意操控的演练场,他们以变幻了的形象出现并像人一样去行动。毕达哥拉斯(约公元前580年至前500年)让赫西俄德和荷马由于各自有关诸神的言论在下界悔罪;① 色诺芬尼(约公元前570年至前480年)

---

① Diogenes Laertios,《明哲言行录》卷8:21。也参 Fritz Wehrli,《论荷马作品古代譬喻解释史》(*Zur Geschichte der allegorischen Deutung*, Diss. Basel 1928),页90;J. Tate,《论譬喻史》(On the History of Allegorism),载 *Classical Quarterly*,28,1934,页105—114,尤见页105。[译按]中译参徐开来、溥林译,《明哲言行录》,广西师范大学出版社,2010,页400。

讽刺赫西俄德和荷马变形的多神论,他说,诸神和人之中最伟大的唯一神,在形象上和思想上都不与有朽的事物类似,竟能(仅)凭借其精神的力量不费吹灰之力地撼动万物。①

这些坚决的批判不久便招来了反驳。泰阿格尼斯(Theagenes von Rhegion)早在公元前 6 世纪末就尝试用譬喻阐释来为荷马叙事诗正名和辩护,他认为关于诸神的报道有着更深层的意义,它只有在譬喻阐释时才能得以彰显。② 因为只有这样,它才能对荷马的世界与伊奥尼亚自然哲学进行调和,诸神和英雄的不和被解释为各元素之间的斗争,诸神和英雄则是宇宙力量和法则的诗学虚构。③ 这

---

① Diels/Kranz,《前苏格拉底哲人残篇》(*Die Fragmente der Vorsokratiker*, 3 Bde. Dublin-Zürich, ¹²1966),VS/21/B/11;VS/21/B/23;VS/21/B/25。
② 同上,VS/8,2。古代文本譬喻解释概况见 J. C. Joosen 与 J. H. Waszink,《譬喻》(Allegorese),见 *Reallexikon für Antike und Christentum*, Stuttgart 1950,卷一,页 283—293;另参 Félix Buffière,《荷马的神话与古希腊思想》(*Les mythes d'Homère et la pensée grecque*, Paris, Les Belles Lettres, 1956),页 101 及以下。
③ 阿纳克萨哥拉的弟子朗姆普萨科斯的美特罗多罗斯(Metrodoros von Lampsakos)在对荷马叙事诗的譬喻解释中将阿伽门农视为以太,将阿喀琉斯视为太阳,将海伦视为土地,将帕里斯视为空气,将赫克托尔视为月亮,参 VS/64,4;此外,他称宙斯是理智(nous),称雅典娜为艺术和技艺(techne),参 VS/61,6。

二、异教徒的古代

种阐释方法之后在亚历山大人手中得到完善。教父们将这种方法应用于所有古代异教文学,他们借助这种方法将异教遗产纳入到基督教世界。这种[8]有关多重字面义的学说一直影响到 17 世纪。不过,对于古希腊文学的古典时期而言,它的意义值得商榷。直到帕伽玛和亚历山大时期的语法学家才给出了更为细致的证据。① 就连公元 1 世纪《论崇高》一书的佚名作者也称,荷马作品中的诸神之争是可怕、不敬神、不得体的,除非人们对其进行譬喻性的理解。②

普罗塔戈拉(约公元前 485 年至前 415 年)被认为是智术师派的建立者。莱斯基写到,智术师派最重要的前提已在伊奥尼亚地区被提出来:"如果不怕简化或者吹毛求疵的话,可以说,其中表现的是伊奥尼亚对阿提卡顽固力量的不安。"③虽然前苏格拉底哲人责备荷马作品的神话和宇宙谱系学是扭曲的人神同形论,但是他们也坚持一种思

---

① Fritz Wehrli,《论荷马作品古代譬喻解释史》,页 40 及以下;另参 Joosen-Waszink,页 285 及以下。
② 《论崇高》(*Peri hupsous*),9 章 7 节。
③ Albin Lesky,《古希腊文学史》(*Geschichte der griechischen Literatur*, Bern-München, ²1963),页 376。[译按]作者引用莱斯基时将 ionisch 错植为 ironisch,译者在此更正,特此说明。见《古希腊文学史》,第 3 版,1999,页 389。

辨性的世界阐释,只不过他们的出发点是非位格或者泛神论的基础力量。这无疑是西方思想中重要的进步和哲学的开端;在其影响下,就算是文学,尤其是希腊母邦之外的文学,也被牵涉其中。智术师们也质疑最终的确定性,他们说,人是无知的,丝毫不知晓神性事物和宇宙的基本原则;人的活动范围是人类社会,人在其中活动并证明自己。一句流传下来的普罗塔戈拉的话如是说:

> 关于诸神我当然不得而知,他们存在或不存在抑或他们是何形象;因为有许多妨害知识的事物:如无法亲自感受,和人的生命的短暂。①

处于兴趣核心的不是形而上学的思辨,而是社会实践,换句话说,即行动的、证明自己的人。因为人是——普罗塔戈拉另一句晦涩的话如是说——[9]"万物的尺度"。② 这应该不是在唯心的人本中心论意义上所说的,即只有我思考的事物才存在,而是在伦理责任意义上所说的。的确,智

---

① 参 Diels/Kranz,VS/80,B/4。
② 同上,VS/80,B/1。

术师的自我理解首先是教育者,他们的手段就是言辞、演说。

修辞学最先和诗歌相互竞争,接着,经过几个世纪的发展,诗歌在某种程度上被"修辞化",以至于成为了修辞学的一部分,修辞学和诗学的标准便无法再得到严格的区分。智术师对其发展的影响未得到足够高的评价,他们在作为教育媒介的修辞学发展中重要的参与让人们可以理解,为何时至今日,人们一再将他们与欧洲修辞学论争中两种流派中的一种相提并论。莱斯基强调:

> 任何其他思想运动在影响的长久性方面都无法和智术师相提并论。这并不是说他们一下子改造了希腊的精神生活,我们更多会说他们最先有影响的各个圈子的某些局限性。但是他们所消解的事物在希腊生活中再也无法重新成为一个真正的整体。他们所提的问题,所唤起的疑惑,使人们在欧洲思想史中无法对其沉默,直至今日。[①]

在政治实践中对客观规范的削弱、对当时矛

---

① Lesky,前揭页375。

盾的"不仅-而且"的强调、对自然和实定法则之统一性的扬弃、个体的主体性等等,这些亦都表现在演说的风格和修辞之中。

高尔吉亚(约公元前 483 年至 380 年)于公元前 427 年作为使者来到雅典,之后成为广为引用的新演说和教育学说的大师。尤为著名并为人乐道的是他精雕细琢、过分拔高的艺术形象,借助于这些形象他[10]强调了在他看来可经验的现实的矛盾特点,并艺术性地扩展了他的对照性论证法。毫无疑问,智术师并非不沾染任何弊病——希琵阿斯(约公元前 5 世纪)就是一例,他曾将批判性的相对主义,将对客观认识真理的无能为力误解为对折中主义的无所不知的要求;①但是诺顿似乎在他的论证过程中过于强调这些极端例子,他说,古代有关风格的讨论是随着智术师而兴起的。因为,比风格上的革新(后来的阿提卡派和亚细亚派都以此为依据,细致的区分只是后来的加工)更为重要的似乎是智术师对权力和传统真理诉求的攻击。这才是真正新的东西。

对文学适宜性的讨论在雅典民主时期有着双

---

① M. Untersteiner,《智术师》(*Sofisti*, 3 Bde., Florenz 1949—1954),卷三,页 38 及以下。

二、异教徒的古代

重面相,即主题-内容上的和风格上的。阿提卡肃剧孕育于由多个组诗组成的传统神话的丰富资源,普遍来讲,它是对荷马叙事诗的延续,是对现实的神话解释,在根本上却与古代阿提卡肃剧一样是保守的,后者尽管处理的是当时的素材,但是谴责的是智术师的道德相对主义,比如阿里斯托芬(约公元前445年至前385年)在《云》中就持此观点。无论前苏格拉底哲人的宇宙学思辨还是智术师的实践不可知论,都与这一神话式世界解释、这一最终将自然和社会秩序理解为整体的尝试相牴牾。欧里庇得斯(约公元前480年至前406年),这位在时人眼中颇富争议、直到后世才与埃斯库罗斯(约公元前525/527年至前456/455年)和索福克勒斯(约公元前497年至前406年)齐名的诗人,曾将这一冲突作为主题,虽然对荷马的诸神世界有所疑虑,但仍未赞成今人的观点。他是古代思想变革时期的人物,可以与修昔底德[11](约公元前460年至前400年)相提并论,后者是科学、经验论历史书写的创立者。

诺顿尤其讨论了该论争的另一方面,即风格方面。他从这一关于适当风格的早期讨论中——他主要指的是演说风格——已经看到阿提卡风格-亚细亚风格之争的端倪。他视修昔底德为典型,在他的历史作品中,演说及其编排起到了尤为重要的作用。他说,智术师派散文的影响——比如修辞学艺术形象、对题句式、文字技巧以及对新词的钟情——不容忽视,并且古人已经注意到这一点。修昔底德本可以是现代性的,但现代性事物在当时是和不经之物如影随形的,因而,这也说明了为何修昔底德更倾向于古风化、非寻常的语言形式,而非当时的语言水平。在语言既不能反求古体又不能在时下所提供的文字中注入思想的情况下,修昔底德以专断独行者的无所顾忌创造出与它们相符合的表达:"智术师奠立的造词理论赋予他这样的资格。"①

那么这样一来,我们就不能把智术师的理论完全称为统一性的修辞大厦。高尔吉亚特别看重演说的艺术装饰,相反,普罗迪科(公元前 5 世纪末)则在研究希腊同义词时力求定义的明确和概念的等值。② 诺顿在修昔底德这里看到的正是这种风格的混合,即所谓的矛盾性:"由于这种对智术师语言理论的交叉,修昔底德常常在同一章节中既是最冒失的语言革新者,又是最细致入微的

---

① Norden,前揭,页 97。
② 参 Diels/Kranz, VS/84; Platon,《普罗塔戈拉》(*Protagoras*),315a 及以下。

二、异教徒的古代

语言正确性的观察者。"①

总之,追随诺顿的论证,人们可以在修昔底德的史书中找到一切在随后的论争中举足轻重的内容:造作的风格和简洁[12]的句法,古风化的措辞、新词汇以及概念上的革新。修昔底德——这位曾经的智术师门徒——的混合风格已经说明,后来的阿提卡风格与亚细亚风格对立中——同义于阿提卡的清晰和智术师的矫揉——的争论是不能涣然冰释的。诺顿称其为"个体性与传统性之争"。② 不过,即便这场论争具有风格学上的影响,它更多地表现在修昔底德历史书写中实际上新型实践相对论对神话轶事历史观——比如希罗多德(约公元前 485 年至前 425 年)的作品——的取代;而风格中仍留存不少相互矛盾的内容。可以确定的一点是,智术师与部分前苏格拉底哲人的宇宙学思辨,对阿提卡城邦的文学都是一种挑战。

伴随着智术师兴起的是长久且影响深远的文学修辞化进程。演说深植于古希腊民主政治生活之中,它曾既在广场又在最高法庭之上建立起公

---

① Norden,前揭,页 97。
② Norden,页 100。

众性,它不仅在公共意见的形成而且在法庭的民事判决过程中都具有决定性的作用,它是一种有效的论辩和政治影响的重要形式。比起冷静的罗列事实,修辞学的魅力更能激发听众,并给他们留下深刻印象。修昔底德在伟大的虚构演说中、在历史书写的华丽篇章中将与历史关联的诸种背景总结出来。公元前 4 世纪,当肃剧创作的高峰已经早已成为过往时,法庭认可了剧院作为公共生活的中心地位。① 吕西阿斯(公元前 445 年至前 380 年)、伊苏克拉底(公元前 436 年至前 338 年)和德摩斯梯尼(公元前 384 年至前 322 年)都曾被视作伟大的典范。虽然吕西阿斯的部分修辞术修养是师从忒西阿斯(即高尔吉亚的老师)得来的,不过因其朴实和清晰的文风,[13]他那些应酬演说——他使之匹配每个演说者的性格——被视作阿提卡修辞学的模范之作。作为雅典著名演说学派的领军人物,伊苏克拉底也曾受智术师的熏陶,尤其是他曾在雅典师从的高尔吉亚。他极为华丽地组织的演说因为节奏上的抑扬顿挫而备受称赞。虽然他也使用了高尔吉亚式的艺术形象,但是避免了所有的夸张成分。而德摩斯梯尼被认为

---

① Atkins,前揭,卷 1,页 121。

是雅典演说家之中最具阿提卡风格的一位。

阿提卡修辞术与智术师派之间的关系极为复杂,它从后者学到了论辩技巧的艺术手法,修辞术最先正是借此才接近了诗艺。后来,通过对智术师修辞术风格中过分拔高和功利性相对主义的批判,阿提卡修辞术形成了自己毫不夸饰的风格和教育方案。不过,后期的阿提卡风格中也不可避免地沾染了智术师派的因素——即便它一直同其保持着距离。

古希腊古典文学与城邦的政治与社会结构紧密联系在一起。人们对民族的自我理解都记录在肃剧之中,而政治和意识形态上的冲突都通过戏剧形式表现出来。公众演说在平民民主制中达到其顶点,而到了公元前4世纪末,这一基础消失了。希腊的母邦丧失了霸权地位,小亚细亚则形成了新的经济中心,继而,文化生活转移到了这里:此时便进入希腊化时期。在亚历山大及其继任者治下缺乏公共政治功能的希腊修辞术在学塾找到了落脚地,成为了虚构法例的演练场。① 于是,形式蔓延盖过了内容。在小亚细亚,尤其是在内陆地区逐渐形成一种矫揉之风,这是一种明确

---

① Curtius,前揭,页74。

的矫揉造作风气。莱斯基认为,这种风格的特点是,语言形式有意的混乱,紧凑的简短语句,[14]对思想和音调刺激手段不自然的高尔吉亚式的堆砌。莱斯基在历史发展的线索中观察到这种风格——"人们完全不打算在对传统榜样的模仿中满足于不切实际的古典主义,但是时间的生命源源不断,足以形成新的风格潮流"①——而诺顿的判断似乎也并无不妥,他说,亚细亚人忽视了修辞术技艺的严格法则,并以无章法的任意性取代了先前的规律性,他们将演说术与传统的普遍教育,尤其是与哲学的关联割裂开来。总之,他们是古典传统的反面。②

当亚细亚人有意识地摆脱阿提卡古典时——尽管他们和古代智术师在风格上有亲缘关系,但是也重新接受了古代的传统——在新的、尤其是亚历山大语法学校中,人们对古代希腊文学的追忆并未断绝。语法学家中也有人站出来反对新风格。母邦之外的新中心兴起了许多大型图书馆,人们在这里搜集文学遗产、编订考订文本并且为之注解。在语法学校里,人们把从阿提卡盛期古典作品中选取

---

① Lesky,前揭,页 749 及以下。
② Norden,前揭,页 131。

二、异教徒的古代

的例子当作正确的语言用法,而且,荷马也获得了新的影响。在地中海地区形成了通俗希腊语(Koinä)的同时,古希腊的语法学校仍然使用着古典的阿提卡方言。人们列出了古典作家的名单,语文学工作具有保守化的特点,并且尤其反对亚细亚派的革新。① 亚历山大学派大图书馆重要的领军人物有以弗所的芝诺多德(Zenodot aus Ephesus,约公元前280年)——最早的荷马、赫西俄德、阿那克里翁以及品达的考订工作即出自此君之手,地理学家伊拉托斯梯尼(Eratosthenes aus Kyrene,约公元前275年至前195年),[15]拜占庭的阿里斯托芬(约公元前220年),以及前面提到的阿里斯塔克(人们视其为古代最伟大的考订家)。②

在阿提卡风格语法学家看来,语言和风格的纯正只有通过模仿古人方能达到。模仿(希:Mimesis;拉:imitatio)是古代关于诗作功能与形制的讨论中一个重要但却有歧义的概念。③ 作为诗学概念,

---

① Atkins,前揭,页165。
② Konrat Ziegler;Walther Sontheimer;Hans Gärtner 编,《小保利》(*Der kleine Pauly. Lexikon der Antike*, 5 Bde. Stuttgart-München 1964—1975),卷3,页1483及以下。
③ 译按,参 Erich Auerbach,《模仿论》(*Mimesis: Dargestellte Wirklichkeit in der abendländischen Literatur*. 1953; 2015),吴麟绶等译,商务印书馆,2014。

它首先要与诗歌真实性的问题区分开,因为后者是个认识论问题。柏拉图(约公元前 427 年至前 348/347 年)责备诗人,认为由于多次投射,他们远离了真实性和本相,艺术是对感官所能感知的表象的模仿,而后者则只是真实性——即本相——的假相:

> 因此,我说,下一步我们必须检验悲剧和它的鼻祖荷马,因为我们总是听到某些人声称,这些诗人精通一切艺术,一切涉及美德和邪恶的人类事务;因为一个出色的诗人,如果他想创作好他所创作的那些东西,必然是以内行的身份进行创作,否则,他就没有能力进行创作。我们必须检验这些和模仿者相遇的人,或是他们真被对方骗了,当看到对方的那些作品,他们并没感到这些东西处在事物本质的第三维,一个不知真理的人很容易把它们创作出来——其实对方创造出来的是表面形象,并非是事物的本身——或是,不仅他们说的有一定道理,而且这些出色的诗人实质上真精通任何绝大多数人认为他们将其论说得非常精彩的东西。①

---

① Platon,《王制》(*Politeia*),行 598e—599a。[译注]中文参王扬译本,华夏出版社版,2012,页 361—362。

二、异教徒的古代

亚里士多德(公元前384年至前322年)排除了艺术作品中有关反映本相的问题,或者说,他至少从实践上处理了该问题。他将文学领域的模仿概念还原到作为行动者的人身上。① 严格意义上的真理被他用可然律(Wahrscheinlichkeit)所替代,借此,他赋予了文学一种独特的现实性,或曰一种独特的现实性特点。对他而言,模仿与可经验的、可能的、可设想的[16]人类行动和行为相关。因为本相只在现实中、只在感性表象形式里显现和存在,所以,亚里士多德含蓄地回答了诗人提出的有关真实性的问题:[其真实性是]对可然性中现实性的映射。

模仿概念有两层意义:一为对现实性的模仿(理念性和实践上可经验的),一为对模范性诗学榜样的模仿。在亚里士多德这里,两方面仍相互融合,但与主要固执于第一点的柏拉图相反,这已经是一种进步。后来,古代的讨论越来越集中于模仿的诗学方面。库尔提乌斯对亚里士多德颇有微词,他说,亚氏将模仿理解为纯粹的模仿,缺乏创造性思想:"模仿仍是模仿,亚里士多德仍是亚

---

① Aristoteles,《论诗艺》(*Poetik*),行1448a。[译注]中译参罗念生先生译文("外国古典文艺理论丛书"《诗学·诗艺》,北京:人民文学出版社,1962),页7;另可参陈中梅译本《诗学》,北京:商务印书馆,1996),页38。

里士多德。"① 不过,这种苛责在亚里士多德把诗定义为刻画可然性这样的论点面前变得无效,亚氏有关诗的概念不仅关涉主题而且关涉审美方面。模仿并不必然意味着亦步亦趋地复制文学榜样,它更多的是一种竞争性的习得和创造性的模仿,原创性便寓于其中——倘若原创性概念也适用于古代的话。伊苏克拉底已经说过,不用规避他人早已说过的话,而是要尝试将它表达得比他们更好。② 模仿延展为较量(aemulatio),这是古代艺术理论里的另一重要概念。当然,两个概念——可以说,作为古人与今人之间争执的另一新变体——也会相互牴牾;这肯定适用于亚历山大语文学之内的保守倾向。

竞争性的习得在拉丁文学史的模仿问题上具有特殊意义。从一开始,[17]罗马诗人便放眼希腊,它才是人们与之竞争、才是人们试图超越的榜样。塔伦特的希腊人李维乌斯(Livius Andronicus,约公元前284年至前204年)作为战俘来到罗马,他用拉丁语萨图尔努斯格律翻译了《奥德赛》,同时对其进行了阐释;他对古希腊肃剧和谐剧的改编深远

---

① Curtius,前揭,页401。
② Isokrates,《庆会词》(*Panegyrikos*),章8。

二、异教徒的古代

地影响了后世的罗马戏剧。恩纽斯(Ennius,约公元前239年至前169年)在上自埃涅阿斯下迄当下的《编年史》中欲与荷马一争高下,将六音步诗行引入罗马,同样,他也翻译和改编了希腊肃剧。普劳图斯(约公元前254年至前184年)和特伦茨(约公元前190年至前159年)都以新阿提卡戏剧为准绳。——这条脉络一直延伸到维吉尔(公元前70年至前19年)和塔西佗(约55年至120年)。①

拉丁文学中的 imitatio 与 aemulatio 争论差不多同时随着阿提卡风格-亚细亚风格争论的第二阶段开始,此时为公元前1世纪中期。长久以来,罗马文学与古希腊文学和哲学都处于一种竞争性的关系中,它逐渐从中走出但并未完全脱离。② 西塞罗在其《图斯库鲁姆谈话》中称,本国的历史中只有治国术堪与古希腊艺术的榜样相提并论。③ 贺拉

---

① Arno Reiff,《阐释、模仿、较量:罗马人对文学依赖性的理解和想象》(*Interpretatio, imitatio, aemulatio. Begriff und Vorstellung literarischer Abhänigkeit bei den Römern*. Diss. Köln 1959),多处可见。

② Manfred Fuhrmann,《罗马文学》(Die römische Literatur),见氏编 *Römische Literatur* (*Neues Handbuch der Literaturwissenschaft*, Bd. 3),Frankfurt 1974,页11及以下。

③ Cicero,《图斯库鲁姆谈话》(*Tusculanae Disputationes*),I—2;I—3。另参 Cicero,《论演说家》(*De Oratore*),III, 34 (137)。

斯则称,虽然希腊沦陷了,但是它战胜了粗野的征服者,并给乡野的拉丁地区带来艺术;① 人们必须严格以古希腊的榜样来砥砺本国的文学。② 而当贺拉斯自夸到,他已作为第一人踏上了新的道路时,指的是将此前不为人知的希腊诗体介绍到罗马文学中来。③ 同时,他也夸赞那些敢于抛开希腊人的榜样去处理本民族素材的诗人。④ 他区分了形式和内容上的榜样性,并接受了艺术刻画层面上希腊诗歌的规范性典范。罗马人在这方面是[18]模仿者、仿造者。而在内容上,他们已凭借本民族历史的主题超克了该榜样。⑤ 奥古斯都治下罗马的新事物就是罗马文学从希腊文学主题中得到解放的体现。模仿被限制在形式方面。

伪朗吉努斯的作品《论崇高》可能成文于公元1世纪。与先前的西塞罗和贺拉斯以及之后的昆体良一样,这位佚名作者不只涉及了修辞术,而是整个诗艺。虽然他自称古典主义者——他的榜样是荷马、柏拉图以及德摩斯梯尼——,但同时他对

---

① Horaz,《书札》(*Epistulae*),II,1,行156及以下。
② Horaz,《诗艺》,行268及以下。
③ Horaz,《书札》,I,19,行21及以下。
④ Horaz,《诗艺》,行286及以下。
⑤ Hermann Funke,《论贺拉斯的诗艺》(Zur Ars Poetica des Horaz),载 *Hermes*,104,1976,页191—209,尤见页202。

二、异教徒的古代

卑躬屈膝的模仿只字不提,而是要求与榜样保持批判性的距离。他所理解的模仿是"出自自己天性-根据陌生榜样的创造"。① 通向(诗歌风格范畴的)崇高的道路要经过对早前伟大作家的模仿和竞争。② 只有与伟大人物较量的人、只有追问他们是如何表达和刻画所希冀的事物的人,方能达到崇高的风格和高尚的品格。③ 模仿在这里是被理解为一种竞争,一种与伟大人物的较量。如在西塞罗和贺拉斯那里(即便不是同等地强调),这里所强调的是形式性和技巧。模仿首先是在修辞术-诗学刻画方面的竞争,而不是对预先内容的竞争性模仿。

昆体良(约35年至96年)的十二卷本《演说术原理》的意义远超于一部修辞术教科书。他在修辞术教育的指导思想中构思了一幅广泛的教育蓝图:修辞术不只是技巧,而是德性行为的指南。在此观点指导下,他在著名的卷十中批判地描绘了一幅古希腊、罗马文学史轮廓,他平等地对待二者。当讨论到课堂读物时,昆体良批评

---

① Reinhardt Brandt 如是说,参氏著《论崇高性》(*Vom Erhabenen*. Darmstadt 1966),页22。
② 参《论崇高》,13章,2节。
③ 同上,14章,1节。

[19]了两种对立的观点,这两种观点早前也出现于阿提卡风格-亚细亚风格的论争中:古人的特权和今人的姿态。他说,任何人都不能因为过于赞叹古代事物,而使自己沦为格拉古、卡托以及类似作家读物的学徒,因为一旦这样的话,他们的风格会变得呆板、没有灵性——因为他们还未能理解古人的修辞术力量;继而,他们会满足于曾经无疑是最优秀的但对时人而言却已经陌生的演说方式,并认为——这是最糟糕不过的了——他们与那些伟大的人物势均力敌。① 昆体良试图去做出平衡,他之所以反对单纯机械地模仿古人,是因为这会败坏品味并导致泥古不化;同时他也反对毫不妥协的现代主义,反对纤细矫饰的言之无物(后者在当时的反古典大潮中也很有市场)。② 昆氏认为,既要读古人也应读今人的作品,二者都有其特点。此外,天性(Natur)并未注定人们是愚鲁之徒。③

在卷10中,昆体良以文学创作的观点分析了模仿的概念。他说,作为目标本身的模仿还远远

---

① Quintilian,《演说术原理》(*Institutio oratoria*),卷2,5章21节。
② Quintilian,同上,卷2,5章22节。
③ Quintilian,同上,卷2,5章23节及以下。

二、异教徒的古代

不够,这种形式的模仿只是回顾性的,表现出的只是愚钝的精神,这种观念只会阻碍进步。[①] 只有当人们发现和发明了新事物、至今不为人知的事物时,才有可能取得发展,因为除此之外,进步别无他途。[②] 因此,若只满足于达到所模仿的事物的层次,是恬不知耻的。[③] 此外,艺术从来没有只在所取得的地位上止步不前。他有一句流传下来的金句:若只模仿,便无成长。[④] 昆氏在这里尤其批评的是无生育力的古风或古典风格形式上的死板阿提卡风格。和塔西佗一样,在他的论说中出现了极具现代影响力的进化论思想。[⑤] [20]对于认为人们生活在只能搜集曾经存在过的事物的历史晚期这种看法,昆氏表示反对。与《论崇高》的作者一样,昆氏也以运动式竞赛的形象来比喻习得性和最终要超越典范的创造性模仿,因为,若一直紧随其后,就永远跑不到前方。[⑥]

不过,这一运动式超越的比喻和呼吁人们在同时代的文学中证明自己的诉求,所表达的并不

---

① Quintilian,前揭,同上,卷 10,2 章 4 节。
② Quintilian,同上,卷 10,2 章 5 节。
③ Quintilian,同上,卷 10,2 章 7 节。
④ Quintilian,同上,卷 10,2 章 8 节。
⑤ Tacitus,《编年史》,卷 11,行 24;另参第一章相关注释。
⑥ Quintilian,同上,卷 10,2 章 9 节及以下。

是主流的思想。相反,影响巨大的演说家兼帝师福隆托(Marcus Cornelius Fronto,约 100 年至 166 年)有意而为之的古风风格和拟古式的遣词造句得以大行其道。即便昆体良的门徒小普林尼(61/62 年至 113/114 年)也不赞同他所说的创造性模仿的观点。他只是提到接近、变得相似。① 尽管他也对同时代人不吝溢美之词——他激动地提到一位作家,此君仿制了许多古老的风格和形式,能够与普劳图斯和特仑茨媲美——,但他却是一位古人的崇拜者;至善(optimi)②与古人③这两个称谓是同义的。

在这关于模仿的要点式的离题话之后——某种程度上过早给出了一个时间轴——,我再次返回罗马共和国晚期的阿提卡风格-亚细亚风格论争。谈及当时流行的亚细亚演说风格的起源时,西塞罗首先给出了其历史-地理缘由。他说,演说术从比雷埃夫斯流行到所有岛屿,在穿行于亚细亚的道路上它沾染了许多异国道德,如此之甚,以至于遗弃了阿提卡风格的健康力量和审慎

---

① Plinius Secundus,《书信集》(*Epistulae*),卷 7,第 9 封,第 2 行。
② Plinius Secundus,同上。
③ Plinius Secundus,同上,卷 6,第 21 封,第 1 行。

并且几乎遗忘掉如何言说。故而,亚细亚派演说家无论在语言的灵活性还是表达的丰富性上都不值一提;他们无法足够精确地表达,他们的演说太过臃肿。只有罗陀斯学派仍深得一些阿提卡的精气神。① 西塞罗区分了亚细亚风格的两种思潮:

> [21]其中一种富含雕琢的语句,与其说有分量和重要性,不如说丰满和风姿绰约……另一种与其说富于思想性,毋宁说在表达上活泼和富有激情——就如同现在在小亚细亚所流行的那样。后者不仅在口若悬河中表现自己,而且词组都极尽雕饰并且充满机智。②

尽管西塞罗提到了一种拉丁阿提卡风格,③不过在他的定义里,它并不是时代性的文学流派,或是对亚细亚修辞术或新派诗学倾向的反应。他从质的意义上将此概念一般化,因为并不是所有

---

① Cicero,《布鲁图斯》,卷13,行51。
② Cicero,同上(德译本参 Bernhard Kytzler 译文,München 1970),卷95,行325。
③ Cicero,《致阿提库斯》(*Epistulae ad Atticum*),卷4,19章,第1行。

说阿提卡方言的人都说得好,相反,说得好的人他们才说的是阿提卡方言。① 阿提卡风格被理解为值得追求的语言纯粹性。凭借这种质的定义,西塞罗反驳了许多当时的演说家和作家,他们认为,若他们以阿提卡风格写作,那么就可自称阿提卡人了。② 西塞罗将阿提卡的这一概念扩展到古希腊文学的整个时期。令他神往的是古雅典的精神。不过,这一古典中所混杂的高尔吉亚的因素,使得阿提卡-亚细亚这一对立并不那么确定。西塞罗并未毫无保留地站在任何阵营,他试图把亚细亚风格的雅致与阿提卡风格的清晰融合起来。③ 但是,他既坚决反对激情-浮夸的夸张,也反对吹毛求疵的偏执,他所关心的是适宜性,即修辞手段和希望企及的效果之间正当的关系。

贺拉斯与维吉尔将这种思想应用到诗歌上来。人们可能会因此以为,亚细亚风格和阿提卡风格的争论应该结束于和解性的平衡之中了,而事实上,它其实变得更加剧烈。昆体良在几个世纪之后试图重新调和对立双方并进行对比。他说,阿提卡与亚细亚风格的演说者之间的区

---

① Cicero,《布鲁图斯》,卷 84,行 291。
② Cicero,《演说家致布鲁图斯》,卷 7 至卷 9(行 23 至 30)。
③ Atkins,前揭,卷 2,页 35。

二、异教徒的古代

分——[22]与修辞术的自我理解相对应,也包含了诗歌文学——有着悠久的传统,一方在演说构造上简洁、健康,没有赘余,而另一方矫饰、空洞,没有尺度和判断力。他稍加改动并重复了西塞罗先前提到的历史-地理学解释。他对其稍做了扩充:因为小亚细亚的居民还未能完美掌握语言,他们在勤学苦练修辞术的过程中不辞劳苦地规定了中肯的表达,并且最终停留在了这种表达方式上。另外——昆体良尤为看重的是——还有各民族不同的天性:有教养并且敏锐的阿提卡人,丝毫没有为言之无物的空话和浮华留有余地;相反,一般倾向于夸张和自矜的小亚细亚人,却为这种空洞的风格沾沾自喜。[①] 不过,上述对亚细亚风格的苛责并不能得出以下结论,即昆体良是位战无不胜的阿提卡风格的正统卫道士。他不无批判地回应了李维的名言,李维曾说若要与二者尽可能地相似,人们应该阅读德摩斯梯尼和西塞罗,并亦步亦趋。昆体良削弱了这种严格的一刀切,因为在他看来,几乎不存在一位未曾写过可以传世的作品的古代或现代作家。[②] 他所持的是创造性再塑造

---

① Quintilian,同上,前揭,卷 12,10 章,16 行及以下。
② Quintilian,同上,前揭,卷 10,1 章,39 行。

的原则,其标准是有用性和品质,而非争执不休的学派之见。尽管他拒绝高尔吉亚式的浮夸和流行的玩弄辞藻,但同时他也避免将阿提卡风格理想化地固定下来(尽管他明显承认其优先性),因为鉴于历史的发展,这是不可能的:

> 即便在那些想要遵循正确风格的人里,一些人正是将简洁、单纯以及最紧贴日常用语的视为健康和真正的阿提卡风格,另一些人则固守在一种相较而言庄严、热烈、活泼的表达力,而且也有不少人钟意宜人、雅致、从容的方式。①

[23]可以看到,昆体良所根据的与其说是内容,毋宁说是外部形式、节奏、句式、遣词以及艺术手段等。阿提卡与亚细亚风格的对立是形式上的区别,这一点几乎适用于罗马时期的整个论争。②与此相反的是,在雅典则是其他因素在发挥着作用,比如前苏格拉底哲人对希腊神话的批评和反教条性玄思的智术师的实践相对主义。

---

① Quintilian,同上,前揭,卷 10,1 章,44 行。
② Wilamowitz,前揭,页 7。

二、异教徒的古代

通过展示出人们对西塞罗极为不同的评价,昆体良告诉我们,阿提卡风格这一概念是多么不易厘清。他自己称,西塞罗是最配得上对一位演说家赞誉的佼佼者,但是同时代人中称其缺乏雄风和带有浮夸的亚细亚风格的不在少数。① 而曾因为早年对新风格表示过同情,西塞罗给了人们如此评价的把柄,但是这些评价并不适用于他的全部作品,尤其不适用晚年的演说和理论作品。昆体良于是称,谴责他的主要是那些正统批判家,他们自称是阿提卡演说者的真正模仿者:

> 这伙人以及一帮崇拜者亦步亦趋,仿佛他是个异类,是个极不守其章法的叛徒;时至今日,仍有一帮完完全全毫无创见的演说家。②

即便在罗马,那些为狭隘阐释和纯粹形式化的 imitatio veterum[模仿古人]辩护的人,反对一切稍加偏离榜样和一切创造性竞争的模仿,

---

① Quintilian,同上,前揭,卷 12,10 章 12 节。
② Quintilian,同上,前揭,卷 12,10 章 14 节。

或者以"这是亚细亚风格"的否定性对立概念反对任何对新风格——即便这些手段在古希腊文学中很早便有来自——的尝试。而西塞罗或者之后的昆体良深思熟虑的评判则完全不同,他们在乐于革新的努力中也看到了创造性建构的可能性。

[24]罗马阿提卡风格的一种特殊形式——当然,古希腊-希腊化时期的文学中早就有先例——是自负的文人古风主义。昆体良说,一些演说家喜用不再流行和人们无法理解的词汇,以及方言、专业术语或者歧义性的概念,他们使用这些古风主义或者诸如此类的内容,只是为了赢得博学学者的大名,并给人一种似乎只有他们才知晓某些事情的假相。①

昆体良在其阅读读物中②提到的古希腊作家主要是经典作家,尤其是荷马,一种具有约束力的经典在这里通过亚历山大学派的影响已然形成。罗马作家中,他介绍了上至恩纽斯下至奥古斯都和早期帝国时期的作家。我们可以看到罗马人的自豪:拉丁语作家不只是希腊人的学徒,他们在历

---

① Quintilian,同上,前揭,卷8,2章12节及以下。
② Quintilian,同上,前揭,卷10,1章37节及以下。

二、异教徒的古代

史书写、演说术以及哲学上与后者可以说是并驾齐驱的,而且讽刺文学在罗马也达到其顶峰。虽然昆体良的评判中不断闪烁着古典文学——既是古希腊也是罗马的——的榜样,但是,他着眼的是当下时代的继续发展,他虽然将新事物与旧事物做了对比,但这不仅仅是在竞争性的 aemulatio [较量],当然更不是 imitatio[模仿]的意义上的。他承认了当代文学本身的独特性——他的根据是当代文学自身的传统和文类的历史。

不过,在帝国后期,无论在罗马还是在拜占庭,向后看的古风化阿提卡风格蔚然成风;口语与文言之间的裂隙日渐扩大。[①] 在诺顿看来,通过浪漫神化了的重返阿提卡和奥古斯都时期的古典,罗马晚期的阿提卡风格,也是对基督教及其希腊化遗产的反应:

> 当新的宗教取得统治地位时,从事古代文学的确具有强大的动力。与之相对立的是那些人,他们[25]尤以早先时期为圭臬,而且

---

① Lesky,前揭,页 888;亦参 Kytzler,《后古典的罗马散文》(Die nachklassische Prosa Roms),见 M. Fuhrmann 编 *Römische Literatur* (*Neues Handbuch der Literaturwissenschaft*, Bd. 3),Frankfurt 1974,页 307 及以下。

悲苦地通过热心研究古代文学试图对当下的痛苦视而不见。①

这里所指的尤其是奥索尼乌斯(约 310 年至 393 年)和马科洛比乌斯(约 400 年)。

---

① Norden,前揭,页 577。

三、基督教的古代

[26]基督教的出现对于古代晚期文学的讨论在如下意义上是个大事件,即其兴趣的重点从美学因素,从诗学和修辞学,转向了追问与新兴学说相一致的相宜内容。古代教育传统在形式上的榜样仍无法被撼动,因为大多数早期基督教作家,尤其是教父,其教育背景都是必要的修辞学教育:他们的审美教育是异教-古代的。因而,人们大可坦率地承认,新学说至少还不能够与异教传统的审美教育诉求一争高下。在人们的眼中,新学说在给出拯救承诺的确定性上胜过古代。

论辩的这一双重视角——一方面承认异教-古代教育在修辞学-诗学的优势,另一方面新学说的排他性真理诉求——在米努修(Marcus Minucius Felix,公元2—3世纪)的对话《奥特维斯》(*Octavius*)中表现得淋漓尽致。这个基督徒与异教徒之间的对话——作者作为调和的裁判人参与其中——很显然是对西塞罗《论神性》的模仿。该对话的目的是要调和基督教真理和异教的教育,也就是说,证明古代已经有了前瞻性的新学说雏形——《奥特维斯》主要面向异教读者,因此,作者不嫌词费地从异教-古代哲学的论文中爬疏索引,这些内容即便未将如下对立——一方面是犹太-基督教一神论,另一方面是异教多神论——扬弃掉,也可以说使其变得不再那么重要,[27]原因在于他所找到的证据(即在异教哲学尤其在其最负盛名的代表人物中存在一种一神论传统,他们至少思考过灵魂不死,并且柏拉图学说有着很高的道德诉求)一方面使异教遗产容易接近基督教,另一方面则提高了基督教在异教-古代教育面前的声望。

通过学说的对比在有教养的异教面前为基督教的势均力敌进行辩护,这种尝试可以被看作是基督教-异教论争的第一个阶段。尽管人们已经暗示了新学说之于异教哲学的优势,但是它并未被当作论据;基督教要公开以一种排他性诉求的形象面世,还缺乏制度上的权威。此外,在这篇基督教早期论辩——它同样出于知晓个别的共性而谋求和解——意义上的辩护作品中,米努修关心的并不是对过往岁月的审判。因而,奥特维斯试图大量地援引希腊哲学(起自前苏格拉底哲人和思考上天事物第一人的米利都的泰勒斯)来给谈话对象盖奇琉斯证明,伟大的异教哲人用不同概念表述为至高原则的事物就是基督教的上帝,"我们除了称上帝为理智、理性和灵之外,还会将其称作其他吗?"[1]这里已经暗示出日后拯救异教哲学时详加运用的论辩,即基督教的原初启示孕于其中,异教哲学是基督教的先导阶段云云。认真阅读这些文本的呼吁也由此具有了正当性。[2] 倚仗着柏拉图的权威,人们拒绝阅览异教诗作,因为它们在有关神性事物上充满谬见,并且会危害信仰。虚构诗作的人神同形论[28]和一些哲人试图将上帝理解为至高、无法领会的原则的尝试相对立。[3]

亚历山大教义辨惑师学园在犹太教-异教传统影响之下转向了譬喻性的圣经经解,院长亚历山大的克莱芒(Titus Flavius Clemens,约 150 年至 212 年)假定,在异教文学中亦有神性真理,它们部分源自于直接的神性赋灵,部分源自于旧约的源头。在《告希腊人书》中,他将柏拉图描述为

---

[1] Marcus Minucius Felix,《奥特维斯》(*Octavius*),19 章,3 节。

[2] Marcus Minucius Felix,同上,20 章,1 行及以下。

[3] Marcus Minucius Felix,同上,23 章,1 至 3 行。

引导异教徒到达真理的导师,因为尤其在博学的人们中间存在一种神性流溢说,因而他们不可避免地会承认一位无始无终的唯一神的存在。① 除原始启示之外,希腊人对一神论真理的认知还要回溯到希伯来的源头。② 希腊哲学的真理要归功于圣经源头——基督教从希腊犹太教手中接过这一优先性证明。对于希腊化时期的犹太人与后来的基督徒而言,面对领先的异教-古代教育时,为上述论证奠基性的辩护欲都是同样强烈的。然而,克莱芒并未停留在这一回顾性的辩护,他视古希腊哲学的发展为救恩史上必要的、由上帝天意预先设定的对异教徒的基督教教化:哲学为基督教教化了希腊人,就如同律法为其教化了犹太人;哲学是基督完成事业的准备。③ 从对上帝救恩计划中异教广博的文学作用的描述中,人们必然得出的结论是,忽视对前基督教文本的研习是错误的,也就是说,这些文本的基础性特点也针对基督教的学识,

---

① Titus Flavius Clemens,《告希腊人书》(*Protreptikos pros hellenas*),卷6,68章,2行及以下。
② Titus Flavius Clemens,同上,卷6,70章,1节。
③ Titus Flavius Clemens,《杂记》(*Stromateis*),卷1,5章,28节,第3段。

三、基督教的古代

一些自视智慧的人要求,人们既不应学习哲学或辩证法也不应研究自然现象;他们只要求赤裸的信仰,好似人们无需照管立时即可从藤蔓上收获葡萄。①

[29]正如哲学在上帝临世之前对于希腊人的正义是必要的,它现在对于敬畏上帝的生活而言也是有用且可用的,因为,它对于乐于视信仰为得到理智证明的人而言,是一种预备训练。② 由此,古与今的区分就得到避免:古蕴含着今,是其天意计划的准备,并非界限,而是救恩史阶段里的一部分。

克莱芒与米努修的论证方式不同。他仅限于证明异教文学中的基督教因素,试图将异教文学——这一点不同于同时代的正统清教徒——列入有学养的基督徒的学术生平中,将其视为认知之路上的一个阶段。古代文本虽然不再是教育的主要题材,但是作为正确理解圣经文本的必要辅助手段,作为思维的预备训练,它们仍具有正当性。在他看来,借由亚历山大学派譬喻经解的传

---

① Titus Flavius Clemens,《杂记》,卷 1,9 章,43 节,第 1 段。
② 同上,卷 1,5 章,28 节,第 1 段。

统,这条进路尤其得到简化。早期基督教辨惑师学园中的希腊化文本理解未曾断绝地得以延续,克莱芒的继任者奥利金(约185年至253/254年)在圣经经解中特别使用了这种方法:

> 他的赋灵概念——他所持的是一种严格的口头赋灵——迫使他在经解中寻找譬喻路径,以便借此方法探究圣经"更高的和属灵的意味"。①

就如同荷马的诸神世界几乎不能被限定在某个字面义,因而——在奥利金看来——完全历史性地解读新约和旧约也是不可能的,圣经也具有属灵的意义层面。② 通过这种经解方式,异教-古代文学的地位在基督教中也得到了提升。这不仅针对希腊语,而且就拉丁文而言同样如此。不过,随着[30]制度上的巩固程度不断加强,基督教不仅只要求占有拯救的确定性,而且通过证明古代哲人依赖旧约的财富,它也要确保犹太-基督教学

---

① Berthold Altaner; Alfred Stuiber,《教父学:教父生平、作品及学说》(*Patrologie. Leben, Schriften und Lehre der Kirchenväter*. Freiburg [¹1938] ⁷1966),页205。
② Origenes,《论首要原理》(*De principiis*),卷4,3章,5行。

三、基督教的古代

说之于异教教育传统的优势。这种论争性挑战的例子可以在优西比乌(Eusebius von Caesarea)的作品中找到。① 古与今的关系发生了颠转;新学说优越于异教学说,即旧学说。于是,新事物取得了重要意义。

另一位古希腊教父巴西琉(Basilius,约330至379年)以不那么咄咄逼人的方式进行了论辩,重新将异教文化传统和基督教教义关联起来看待。巴西琉拜访了当时几所顶尖的修辞学学校,并且自己也做过一段时间修辞学教师,他于27岁时改宗基督教,后来成为大主教。他的《致青年》一文起先是出于个人动机而写的,是给其子侄的学习指导,但因其对于基督教和异教文学关系的基础性意义,直至17世纪它都是学校里的必读读物,并作为古典研究的必要性权威而得到广泛引用。他在这篇文字中论及了异教教育的价值及其对于研读圣经的导引功能。因为他自己是在异教-古代教育传统中受的熏陶,尤其因为异教文学相对于基督教文学不容否认的优越性,巴西琉想把古代作品拯救出来留给后人。就如同摩西这位伟大的智慧大师为了获得真知而师从埃及人并砥

---

① Altaner,前揭,页218。

砺自己的精神,类似地,人们研习异教作家也是为了更好地理解圣经而作的预备。巴西琉认为阅读异教-古典作品是理所当然的,不需要什么辩白。他所强调的并非其美学因素、[31]诗歌的优越性,而是学习这些作品所带来的益处。除了形式方面、作为当下时代创作典范的古典荣光——这也是基督教中对阿提卡风格论争的延续——之外,他还强调了其道德作用;他认为,异教文学在其最卓越的作品中传达了近似于基督教美德学说的范例,它们都值得追仿。在这一以有德性的生活转变为教育目标的指导下,他遴选了大量异教文学:人们应该充满爱意地追仿有德性的行为和思想榜样,并尝试尽可能地与他们相似。① 当然,其中也含蓄地呼吁人们模仿阿提卡古典的艺术典范。

当时最具魅力的演说者和传教士纳齐安(Gregor von Nazianz,约329年至390年)不仅与巴西琉友谊笃厚,而且也有着相同的教育背景,他在《悼巴西琉》一文中论及了异教-古典传统对基督教的价值:

> 所有有理智的人一定会同意,教育即至

---

① Basilius,《致青年》(*Pros tous neous*),卷二。

三、基督教的古代

善——笔者指的不仅是鄙视任何虚浮的华丽辞藻、并仅以救赎和教义之美为圭臬的更为高尚的基督教教育,而且还有异教的教育,一些基督徒出于无知而对其大加伐挞,他们认为后者似乎是危险的,会引诱理智并使其背离上帝。但是我们不会因为一些处于迷雾中的人用上帝的工替代上帝的地位,因而会鄙弃天堂、尘世、天空以及其他一切类似的事物,相反,我们会选择那些对生活有利的,而避开有害的事物。我们还没有愚蠢到将造物置于其造物主之上,我们从他的工中认出他,如使徒保罗所说的,然后使我们整个思想服从于基督。就如同对我们而言,火、养分、铁或其他任何事物的有用性或有害性都并非由自身而定,而是由那些使用它们的人的意图而决定的——就如同爬行动物中有一些是我们可以用来入药的,因此,我们也从异教徒那里习得许多实践和理论知识,当我们鄙弃鬼神[32]信仰、谬误以及会导致深深堕落的事物(除了能够有利于我们敬奉上帝的)时,我们的方式是从微不足道的事物中学习到更强的,并将前者的弱点变成我们学说的强项。因而,教育并不像一些人所认为的那样应被轻视；一些人如此思考并且意欲说服他人同样如此思考，以此使自己的愚蠢在普遍的愚蠢面前不至于太过显眼，而且他人也无法苛责他那有缺陷的教育，这些人是多么愚蠢和没有教养啊。①

相较于巴西琉，纳齐安不仅更看重古代文学作用的道德典范性，而且要求对传统的研究主要是要赋予新学说以异教古典的表现力。基督教教会此时正行走在继承古代遗产的道路上。

古希腊教父们尤其提请人们注意异教文学对于深入理解圣经的入门功能，强调了一神论原始启示的共同根源，并试图证明异教中大哲们的智慧是基于希伯来语作品。另外，他们将整个异教传统坚定地视为不能舍弃的文化遗产，和能够将基督教智慧注入其中的宝瓶，因为基督教本身还没有可以与之相媲美的诗作。而相反，罗马教父则更强调从基督教救恩学说意义上对异教文学进行重新释义的过程，他们认为，人们应从中筛选出有利于基督教真理的文学。可用的手段是上文已

---

① Gregor von Nazianz,《悼巴西琉》(*Eis ton megan Basileon*)，XLIII, 11。

经提到的、根植于异教的文本譬喻,罗马教父为该方法增添了一种预表学因素:异教徒那里的真理,预先暗示了由基督对时候的满足。就如同旧约中有新约中完成事业的榜样(比如约瑟作为基督的先驱),异教中的许多事物也预示了基督教。人们必须把核心,[33]把共有的原始启示,从谬误中清除出来。异教时期作为预表学历史图像的一部分被列入上帝的救恩计划,这一计划的跨度从原罪一直到终末审判。① 当时,基督教的出现未被看作是伟大的历史转折,而是作为 种完成,一种迟来的收获。安布罗西乌斯(Ambrosius,约339年至397年)把世俗历史比作人的年岁:②

> 世界的青年时期也发生了改变——所有事物皆如此——;接下来是古老的信仰令人敬仰的耄耋之年。胆小的人会拒斥这一收获,因为它是迟来的丰收;他会轻视采摘葡萄,因为它已在年末;他会轻视橄榄,因为它

---

① August Buck,《是否存在一种中世纪的人文主义?》(*Gab es einen Humanismus im Mittelalter?*),载 *Romanische Forschungen* 75,1963,页213—239,尤见页225及以下。
② 有关安布罗西乌斯的圣灵文本解释,参 Edward Kennard Rand,《中世纪的奠基者》(*Founders of the Middle Ages*,Harvard 1928;New York 1957),页85。

> 是一岁中最后的果实。人们的信仰就是我们的收获。教会的恩典即是对功绩的采摘,它从世界的开端一直影响到圣徒,但直到晚近它才被注入异教徒中,这样做是为了让人们领会,对基督的信仰并不是渗入到粗鄙的灵魂中(因为冠冕皆有雠敌),而是直到谬误被扫清时,曾经为真的方才会得到正当地优待。①

这里强调的并非新事物对古老事物的扬弃,而是古老事物在新事物中的完成。②

哲罗姆(约 347 年至 419/420 年)以类似但稍显实用的方式在其著名的第 70 封书简中进行了论辩——此封书简可能是早期基督教时期古代文学接受史最为重要的来源。③ 有人疑问,为何时有异教文学中的范例被混入基督教的教学文本,他给出的答案是,摩西、各位先知以及所罗门等人早已身体力行过了,而且保罗在论证时候也将偶得的圣坛碑文重新解释为有利于基督信仰的论据:

---

① Ambrosius,《书信》(*Epistulae*),XVIII,28 及以下。
② Freund,前揭,页 109。
③ Rand,前揭,页 64。

三、基督教的古代

他师从大卫,学会了从敌人手中夺取利剑,并用趾高气扬的巨人的武器将其头颅割下。他在申命记中读到上帝的命令,即当人们要娶[被俘的]女子为妻时,要为她剃头发、眉毛、体毛,为她修指甲。[34]即便我因其演说技艺及其各部分优美的典雅,将世俗智慧视为由侍女和俘虏变成的以色列女子,当我把所有因此而失去生命力的事物——偶像崇拜、淫欲、谬误以及欲望等——去除,并在用至为纯洁的身体侍寝时由她为主人——万军之主上帝——生育土生土长的后代,谁还会因此而讶异?我的努力有利于教会;与异邦人的交合会增加拥护者的数量。①

这种论证在《奥特维斯》中早已为人熟知:必须用敌人一方的作品战胜敌人,异教真理必须得到阐发并提升为基督教真理,而手段则是阐明异教-古代作品中预表学的预表。②

---

① Hieronymus,《书信》(*Epitulae*),LXX,2 章,4—6 节。亦参《申命记》(*Deuteronomium*),21:10—13。
② 译按:"预表学预表",德语表达为 typologische Präfiguration。预表学(Typologie)是基督教神学研究中的术语,有时亦被称为 Präfiguration,该词亦表示"预表",二词在书中有时被并列使用,翻译时颇为棘手。

能够领会圣经经文深层意义的能力,对奥古斯丁(354年至430年)而言虽是至高的教育目标(他在米兰就曾见识过安布罗西乌斯的譬喻性经解),但是,与古希腊教父一样,他也视异教文学知识为达到这一目标的必要预备性前提。与其说奥古斯丁关心的是(如安布罗西乌斯和哲罗姆所建议的,而他本人也的确常常使用过的譬喻性方式)重新释解异教文学,毋宁说是要证明即便在这种文学中也传达了能促进理解圣经的真理。在《论基督教学说》一文中,他探讨了异教作品,并将这些作品分为两类,第一类是人类所营造的,第二类则是人类通过历史传说和上帝启示所经历的。[①]他强调,异教的学识也具有神性真理。属于第一类的是所有祭仪和预言作品,他称之为鬼神之作和人类的迷惘,并对其不屑一顾。相反,他对促进秩序的立法则网开一面,在他看来,立法无论对于异教徒还是基督徒的共同生活而言都是不可或缺的。基督徒决不应该[35]须臾逃避会有序地促进必要共同生活的人类组织,而应尽可能地重视它并将它牢记于心。[②] 第二类的是历史书写:

[①] Augustinus,《论基督教教义》(*De doctrina christiana*),卷 2,29章。
[②] Augustinus,同上,卷 2,40章。

三、基督教的古代

历史书写告诉我们一切关于过去的事情,对于我们理解圣经都极为有用,即便这些都是从教会之外的学堂所学。①

另外,哲学亦属于第二类。基于安布罗西乌斯的观点,奥古斯丁通过优先性证据来说明哲学中传达的神性真理:柏拉图知晓埃及先知耶利米的作品,而且,希腊人的一神论世界图景根源于希伯来人。② 此外,在他看来,博物学和天文学对于解释圣经、阐释圣经中晦涩难解的内容极为重要,不过前者不应该任意揣测后者。③ 他尤其强调了演说艺术的作用:"想要切入并解决圣经经文的诸种问题,演说艺术是最为有用的。"④同前辈安布罗西乌斯和哲罗姆一样,他也通过譬喻解释描绘了基督徒如何掌握异教徒的知识和文化。奥古斯丁援引以色列民族出埃及的例子,以此说明基督徒甚至有义务从异教徒手中重新夺回他们无权利掌握的真理知识;以色列人就是这样在出走时带走了金银器皿、饰物以及埃及人的衣物,以便侍奉

---

① Augustinus,前揭,卷 2,42 章。
② Augustinus,同上,卷 2,43 章。
③ Augustinus,同上,卷 2,45 章及以下。
④ Augustinus,同上,卷 2,48 章。

上帝时更好地使用它们。他说,异教徒的一切也不只是迷信,他们也掌握着适合追求真理的美艺术、十分有用的道德法则以及有关侍奉唯一神的部分真理。不过这并非他们的专有,而是神性天意的馈赠,只不过他们将其滥用在偶像崇拜上。因而,将这些财富从异教徒手中夺回[36]并用于宣告正确信仰,已经刻不容缓。① 奥古斯丁以譬喻方式为文化传统的承继辩护:应从(异教的)残渣中将文化遗产清洗出来并带回到它原初的职命之所在。新事物即是澄清了的往昔岁月。道德、宪定法、哲学以及自由技艺等自其起始之时目标便蕴含于有朝一日将会对它们进行完满的基督教之中。② 而随着基督教-异教的争论,各方的立场发生了改变。一开始,人们想要将异教古代呈现为并驾齐驱的,是要寻找二者的共通之处;如今,人们要夺回异教徒先前糟糕统辖的一切。这是从意识形态上对如下审美现象的辩护,即新的内容也在逐渐产生新的形式,而基督教作家仍长期处在古典作家榜样的影响之下——直至普罗顿提乌斯(Aurelius Clemens Prudentius,348 年至 405

---

① Augustinus,前揭,卷 2,60 章。
② Curtius 在此语境下提到"古代技艺的正当化",参氏著,前揭,页 50。

年)和塞都利乌斯(Sedulius,5世纪)。在诗学论争中,基督教作家站在阿提卡风格派一方。

正是伟大的基督教教父——较之于古罗马教父,古希腊教父更多,因为后者仍能接续古老的文化遗产——强调了异教往昔与基督教当下共同的传统脉络,他们完全承认异教教育在世俗事物上的优势。在关于优先权证明的构想上,他们甚至可以将两个领域归结于共同的一神论原始启示根源。然而,就基督教之代言人不再是在第一代便受洗了的,并且不再全部都有过古典教育背景而言,意在将异教遗产为我所用而坚称其共性的做法在公元5世纪逐渐式微。教会教师安布罗西乌斯和诗人普罗顿提乌斯曾视奥古斯都的罗马为基督教得以广为流传的历史前提,奥古斯都时期的和平帝国在基督教中得到延续和完成。

[37]奥罗西乌斯(Paulus Orosius,约390年至418年)——库尔提乌斯称其为首位基督教世界史家(Universalhistoriker)——的作品中已经暗示出上述转折。① 在其上自亚当下迄公元417年的世界史(Universalgeschichte)中,他区分了异教时代和基督教时代。他认为,当下(亦即基督教时

---

① Curtius,前揭,页32。

代)比起前基督时代,更加得到上帝的福佑。基督的临世是伟大转折的核心所在,基督教时代形成了自己的本质,用福伦特的话说,它即是"超逾了时间、真正的、元历史的当下时代"。① 奥罗西乌斯称奥古斯都治下的和平时期是基督教的萌芽时期。② 他说,基督教是救恩的时代,它一劳永逸地将人类从宗教的谬误中解放出来。③ 根据救恩史的观点——他的世界史划分依据的是旧约的四王说(但以理书 7:1—27)——他眼中的基督教并非完全的他者,而是对历史的终末实现。在他看来,统治的头衔由罗马帝国转交到基督教的统治者手中。由此,在古代占据统治地位的观点——文化时期是循环式重复的——最终得到了克服。④

---

① Freund,前揭,页 22。
② Paulus Orosius,《异教历史》(*Historiae adversum Paganos*),卷 6,22 章,10 行。
③ Paulus Orosius,同上,卷 7,43 章,19 行。
④ E. Dinkler,《奥古斯丁的史观》(Augustins Geschichtsauffassung),载 *Schweizer Monatshefte* 34,1954/55,页 518。

四、早期中世纪

形容词 modernus[现代的]出现于 5 世纪末——"由古罗马向新的基督教世界的过渡时期"(耀斯)①。类似于 hodie[今天]- hodiernus[今天的],它是一个由副词 modo[即刻,现在]演化而来的词汇。它最初的意思只是"当下/眼下",它指的是最直接的当下,但又并未使当下时代与过往事物在品质上脱离和区别。在教宗哲拉修一世(Gelasius I.,492 年至 496 年)494 年至 495 年的书信中人们可以找到该词作为纯粹时间状词而无

---

① Jauß,《作为挑衅的文学史》,页 16;亦参 August Buck,《中世纪和文艺复兴时期古今之争前史》(*Aus der Vorgeschichte der Querelle des Anciens et des Modernes in Mittelalter und Renaissance*),载 *Bibliothèque d'Humanisme et Renaissance*,20,1958,页 527—541,尤见页 527。关于 antiquitas 及其对立的 neotericus 的意义史,见 J. de Ghellinck,《现代[性]》(Neotericus, neoterice),载 *Archivum latinitatis medii aevi* (*Bulletin Du Cange*),15,1940,页 113—126。

引申含义用法的早期证明。似乎哲拉修一世使用的这个词已经是常见的概念了。① 他所使用的 modernus 一词并非指他的时代与异教的往昔之间是对立的,相反,只是指晚近的教会规则不同于古代的而已。他通过引证意义一致的古老决定来强调晚近做出决定的有效性,前者通过它们的 antiquitas[古老性]及其历史权威获得其约束性特征。② Antiquitas 是基督教性质的。

十余年之后,人们开始在广义上使用此概念:即作为一个以模范性的往昔来衡量的新时代。所谓的往昔则是罗马-公教的古代。卡西奥多奥(Cassiodor,约487年至583年)——这位迪奥多里克大帝(Theoderich)的皇家秘书,曾将许多得来的皇家书信和布告收入自己的《杂集》中来——在一封书信中赞扬两位功臣,原因是二人在当下时代却因其古代德性而有名闻。③ 他有意地对立使用了 moderna saecula[现时代]和 mores antiqui[古老风俗]二词。古老的并未被视为已超克的,而是对

---

① Freund,前揭,页4及以下。
② Elisabeth Gößmann,《中世纪的古人与今人》,页23及以下。
③ Cassiodor,《杂集》(*Variae*),卷3,5章,3节(Th. Mommsen编,Berlin 1894)。

于当下时代而言典范性的。[39]通过追溯至光辉往昔所流传下来的规范,来为当下时代进行辩护,我们可以更清晰地从卡西奥多奥致建筑大师叙马霍斯的信中看到这一点。由于叙马霍斯凭借其自己的建造经验而被证明是"最确定无疑的模仿古人者,和同时代人最优秀的大师",① 那么,他就应该力挽庞培剧院于将倾,以使往昔的荣光在当下更加熠熠生辉。② 世俗领域中与当下时代相对的并不是基督教早期,而是要通过模仿去革新的异教古代。福伦特评述到,对于卡氏而言,古代教育在一种完全特殊的意义上曾是古典的,即作为"典范性的往昔时代的文化财富,该时代因其巨大的精神和物质遗产为后人留下了这样(无法胜任的)任务:把继承的事物保存为鲜活的私产"。③

卡氏在《杂集》前言中提到了"明智的往昔"。④ 即便作为在救恩史中未完成的时代,这个往昔由于基督的临世而与当下时代分割开,即便它在民族大迁徙的迷雾中被视为最终终结的时代,而它因自身规范性的道德和文化诉求

---

① Cassiodor,前揭,卷4,51章,2节。
② Cassiodor,同上,卷4,51章,12节。
③ Freund,前揭,页27。
④ Cassiodor,同上,序言,16节。

仍可被看作当下时代的师范,或者至少是愿景。基督教学说的教义优势并不排斥在世俗领域顺从古代的典范,将其视为圭臬和准绳。在耀斯看来,

> 卡氏首次深刻影响了具有历史强力的这一对举,它在 antiquitas 概念中把典范性的往昔岁月与不断前进的时代的现代性分割开来。对他而言,上帝国当下时代所面临的理想任务是使罗马帝国及其文化的往昔光辉重新焕发生机。①

基督教的救赎诉求和古代的文化遗产绝非相互矛盾。人们所理解的革新古代 [40] 是转变传统,使之为基督教的当下所用,奥罗西乌斯早已做过如此表述。古老事物通过新事物会换上新颜,这就是对完满的救恩史的预表性预表。

卡氏在 40 年代离开公众视野创立了修道社团,他给诸僧侣勾画的蓝图是一幅广泛的教学计划,基督教思想与异教传统在其中得到融合。库

---

① Jauß,《作为挑衅的文学史》,页 17;亦参 Buck,《中世纪和文艺复兴时期古今之争前史》,页 527。

尔提乌斯称此僧侣计划为"首部教会知识与世俗艺术的基督教手册"。① 在第一部分,卡氏通论了如何研读圣经。在他看来,这一计划中的典范和榜样是诸教会教父,尤其是安布罗西乌斯和奥古斯丁。他重申了他们的观点,即异教的修辞术和诗学、整个艺术和科学的源头都寓于圣经之中:古代作家和学者只是整理了流传下来的知识,因而他们在技术上高于同时代人。由此,人们自然而然地呼吁:为了能够与古人并驾齐驱,必须通过模仿来掌握他们的知识。

卡氏重复了古代-异教教育之于圣经经解之预备性作用的观点。② 他说,许多教父因为坚守着主的法则,才能凭借异教文学的知识获得真知。③ 卡氏眼中的古代教育财富并非理所当然地就是值得流传的,相反,只有当古代作品有利于更细致地理解圣经时,尤其是考虑到圣经文本的艺

---

① Curtius,前揭,页 51。
② Erich Auerbach,《异教古代晚期与中世纪的文学语言和读者》(*Literatursprache und Publikum in der heidnischen Spätantike und im Mittelalter*. Bern 1958),页 39;参 Cassiodor,《诗篇疏解》(*Expositio Psalmorum*),序言,15 章,65 节及以下(M. Adrian 编,Turnholti 1958)。
③ Cassiodor,《导引》(*Institutiones*),卷 1,28 章,4 节(R. A. B. Mynors 编,Oxford 1963)。

术特点时方才有价值。就此而言,这种对古代的追仿与后来文艺复兴时期的人文主义有根本性的不同。他对研究传统和部分程度上竞争性的模仿所做的辩护并不是从文化遗产本身来论证的,而只是从其之于当下的意义。异教经典的知识和文化应该——在剔除谬见[41]之后——服务于真理和正确的洞见。① 教父们的观念在此重新闪现:我们只从异教徒那里拿回他们同样基于原始启示所获得但未能领会、甚或歪曲了的神性真理。

不过,为僧侣创作一部能够展现澄清圣经的古典技巧的七艺(septem artes liberales)纲要的计划在实施时被寒酸地宣告终止。使往昔的艺术和知识为当下时代和基督教时代所用,更多的只是停留在口号上。教育上的要求和实际的教育水准之间的差别也不容忽视。此外,卡氏的教育学说主要关心的是对古代修辞和诗学的接受。

卡氏在 antiqui 和 moderni 这组对立中不仅将基督教的当下时代与异教的古代截然区分开来,而且也认为基督降生后的时代本身的建构就已经是按照过去和现在之区分了。因而,他称呼前几

---

① Cassiodor,同上,卷 1,27 章,2 节。

个世纪的教父为 prisci doctores,而称新近的解经师傅为 moderni expositores。① 基督教开始形成了自己的传统,但这个传统并不在于一个完成的往昔所遗留的发展过程中,而是逐渐阐明神性真理的意义上:今人懂得比古人多,因为立足于后者知识之上的前者能够获得更深的洞见;上帝的恩典在历史中次第发挥出来。② 这个有关不断进步地阐明启示的观点在后来的中古盛期获得重要意义。

卡氏作品所表现的是一种受制于时代局限的矛盾,或者至少是兴趣的分化。就其审美教育而言,他还是个古人。他接受了流传下来的文学的古典形式:他的眼光是向后看的,对往昔的光辉[42]表示赞赏,并与之竞争。然而作为基督徒,他将当下时代置于往昔之上,因为当下是救恩史的完成或者对过去的完满。卡氏在美学上的思考是回顾性的,而在教义问题上则预表式地满怀憧憬。

尽管其作品《七艺》最后以残篇遗世,但是卡氏对研究古代古典的实践性指导长久地影响着僧侣的教育计划。比卡氏《教育》更为广泛且细致的

---

① Cassiodor,前揭,卷 1,8 章,16 节。
② Cassiodor,同上,卷 1,26 章,2 节。

要数圣依西多(Isidor von Sevilla,约560年至636年)的《词源》,该作品是当时的知识大全。但是与其说它汲取的是一手材料,倒不如说是对教父们引用文献的汇编,因为他们与古代教育传统的直接联系已然消失。为基督教在古代秩序面前辩护的热望,随着基督教在社会上的最终确立而消退殆尽。基督教及其新统治的万民在帝国权力(translatio imperii)和后来的科学(translatio studii)转移的意义上视自身为罗马帝国及其文化名正言顺的继承者。而在此之前,通过愈加频繁引用的优先性证据和共同的原始圣经根源暗示,勃兴的基督教传统已经削弱了古代教育的优势。

《词源》与卡氏的《教育》和异教徒非洲人卡佩拉(Martianus Capella,5世纪)的浪漫色彩浓厚的寓言作品《论语文学与墨丘利的婚礼》(*De nuptiis Philologiae et Mercurii*),并列为中世纪七艺经典作品的最重要来源,七艺即:语法学、逻辑学、修辞术、几何、算数、天文以及音乐。起先,人们通过七艺只需确认或阐明圣经的艺术品质,因为圣经遵循的就是七艺的规律和法则。之后因其形式上的影响,七艺成为中世纪明确的教育方案。不过,与经典化[43]相伴的也有停滞不前。七艺部分程度上会阻滞作家和作品的进步,人们越发关心"器",

四、早期中世纪

而忽略流传下来的"质"。这一趋势不断发展,愈演愈烈。

从公元780至800年查理大帝致福尔达修道院长包古尔夫(Baugulf)的书信中可以看到这种发展的早期例证。在这封谈论教育事业改革的信中,查理大帝更为推崇中规中矩的教育而非对作品的研究。他认为,只愉悦上帝并根据团契准则去生活是不够的,人们还必须根据自身能力研究圣经之外的文本,以便学习艺术地使用词汇:想要通过公义的生活方式愉悦上帝,还应该用精心编织的话语使之愉悦。①

这封信的动机始出于如下事实,据查理大帝自己在信中所称,他不久前看到一些修道院的作品,它们"虽然意思合理,但是表达上磕磕绊绊"。② 因而他不由得担心,比起语言表达能力,正确理解圣经经文的智慧可能要更差劲,③因为只有当人们清楚掌握文学手段、艺术形式以及隐喻等等,才能正确理解圣经:

---

① 参《查理大帝书信论学养》(*Karoli Epistola de Litteris Colendis*[*Monumenta Germaniae Historica*, *Legum Sectio II*, *Tomus I*, Hannover 1883], Reprint 1960),页79。
② 同上。
③ 同上。

因此,我们要求阁下决不能轻视文学教育,相反,要以谦恭并且使上帝喜乐的态度用功研习,以便阁下能够更轻松更好地进入圣经的堂奥。因为圣经经文中交织了样式、转喻以及类似的手段,所以,只有当人们的文学修养越高,才能越快速地领会经文更为深层的意义。①

文中专门对修辞术风格手段的强调,表明在文学研究(litterarum studia)中应将重点放在技艺,放在技巧上。② 文学教育首先是——至少从这封[44]书信来看——熟悉传统的形式和形象,因为作为文化语言的拉丁文并非僧侣的母语。

书信中没有区分古代-异教和早期基督教的来源。人们可以从这两个领域中为修道院内的规范文学教育选择授课和练习文本。在语言和修辞性装饰方面,对于卡罗琳王朝时期的人们而言奥

---

① 参《查理大帝书信论学养》(*Karoli Epistola de Litteris Colendis*[*Monumenta Germaniae Historica*, *Legum Sectio II*, *Tomus I*, *Hannover* 1883], Reprint 1960),页 79。
② Curtius 从中看到了"教会盖然论"(kirchlicher Rigorismus),这种思想早在英格兰的 Aldhelm(639 年至 709 年),前揭,和 Beda(672 年至 735 年)身上就已经表露出来,参页 56。

古斯丁在经典性方面毫不逊色于西塞罗。然而,异教-古代教育在所谓的卡罗琳王朝文艺复兴时期——不同于后来的人文主义时期——的价值在于它对教会的有用性。

在诺顿看来,各门科学的上述顺从姿态暗藏着"中世纪与人文主义的根本对立"。① 查理大帝宫廷的教育要求关心风格上的规范。得体的书写和演说方式应该是师法于往昔的模范。② 如果说基督教早期的讨论重心是(基督教)当下时代与(异教)往昔文学之间内容上的对比——其中只是次要地触及风格和修辞学问题——,那么,此时竞争性模仿的思想则愈发集中于对拉丁文及其艺术形式的掌握上面。有关古代的知识尽管未被抛弃,但是也沦为了企及目的的手段。如查理大帝的友人兼顾问阿尔奎恩(Alkuin,732年至804年)所说,教育计划的目的是正确理解圣经。③ 而七艺在此计划中的地位不可撼动,它们是通往真正的哲学之路上的第一阶段。

---

① Norden,前揭,页680。
② Buck,《是否存在一种中世纪的人文主义?》,页232。
③ Franco Simone,《论"圣经归纳法"》(La „Reductio artium ad Sacram Scripturam". Quale espressione dell' umanesimo medievale fino al secolo XII),载 *Convivium*,18,1949,页887—927,尤见889。

阿尔奎恩在《论真正的哲学》(*Disputatio de vera philosophia*)中——阿尔奎恩将这篇教师与学徒关于正确研究的对话置于《论语法》(*De grammatica*)一书篇首——讨论了七艺。一方面，[45]他从圣经语句的譬喻解释中认识到为七艺辩护并对其进行研究的义务："智慧建造了它的屋舍，树立了它的七根梁柱"；① 另一方面他从诸教父的作品中领悟到，他们都曾在自己的论证中成功地应用过七艺。② 在他看来，七艺是有教养的基督徒通往全面领会圣经真理之路的必要技能。尽管七艺只是前往永恒智慧道路上的低阶，但它们也因此是真知的基础，是七根梁柱。阿尔奎恩在这里——而这也是他在查理大帝治下教育改革框架中的独特贡献——重新接续了教父传统。③ 他恳请学生们：

> 亲爱的学子们，你们青年人要日日勤恳，直至你们更完美的老年和更坚定的精神抵达圣经的各个高度。一旦得到全方位武装，你

---

① Alkuin,《论语法》(*De grammatica* [*Mgne PL* 101 853])。
② Alkuin,同上(PL 101,854)。
③ Wolfgang Edelstein,《学识与明智——卡罗琳王朝的世界观和教育》(*eruditio und sapietia. Weltbild und Erziehung in der Karolingerzeit. Untersuchung zu Alcuins Briefen*, Freiburg 1965)。

们就会证明自己是真正信仰的拥护者和战无不胜的捍卫真理者。①

通过对教育之路的位阶式划分,阿尔奎恩——以及在他之前的古希腊教父们——调和了古代流传的知识财富与基督教学说绝对的真理诉求之间的对抗:宗教教育以世俗教育为前提,而世俗教育则是创造性地阐明圣经的工具基础。不过,人们所依据的很少是一手的来源,他们常常引用的是二手资料,是《七艺》纲要文献中的只言片语。就连阿尔奎恩本人也无法逆这一趋势而行。正统纯净论者甚至要求,必须用圣经中相应的语句替换掉异教-古代作品中的修辞性用法,只有这样,七艺才能发挥其形式上的框架作用。② 但是,这一趋势与卡罗琳时期修道院和宫廷学校的改革意图相违背。③

---

① Alkuin,前揭。
② Charles Homer Haskins,《12 世纪的复兴》(*The Renaissance of the Twelfth Century*, New York ¹³1968),页 96。
③ Hans Dietrichs,《作品、书信以及诗歌中的查理大帝近旁文士》(*Die Gelehrten um Karl den Großen in ihren Schriften, Briefen und Gedichten*. Diss. Berlin 1931);另参,Franz Brunhölzl,《中世纪拉丁文学史:卷一:卡西奥多奥至卡罗琳王朝改革时期》(*Geschichte der lateinischen Literatur des Mittelalters. Band 1: Von Cassiodor bis zum Ausklang der karolingschen Erneuerung*. München 1975)

五、中世纪盛期和晚期

[46]卡罗琳王朝的教育改革并非是向后看的。阿尔奎恩曾告诫学生说,自由艺术的七根梁柱虽是学说广厦的根基,但是"真正的哲学"远超于古代的教育,是对世俗技艺的完善。类似地,他们所处的当下时代也被视为对往昔的升华:查理大帝是新大卫王,而亚琛则是新雅典。[1] 这种滥觞于教父时期并消解了古代循环历史思维的预表式历史解释,直到12世纪才被用作西欧统治诉求的政治论据。[2] 而早在9世纪时,它所表露的仍是一种精神上的并驾齐驱或者优越性的情感。维

---

[1] Elisabeth Gößmann,前揭,页39。
[2] 有关中世纪的预表解释尤参 Friedrich Ohly,《犹太教堂与基督教会:中世纪诗歌中的预表》(*Synagoge und Ecclessia. Typologisches in mittelalterlicher Dichtung*,1966),此作品重新收入氏著《中世纪意义研究作品集》(*Schriften zur mittelalterlichen Bedeutungsforschung*, Darmstadt 1977),页312—337。

森堡的奥特弗里德(Otfried von Weissenburg,约800年至870年)决定把福音书翻译为德文时如此为自己辩护,坚称法兰克人毫不逊色古希腊和罗马人:

> 他们也同样果敢,就像罗马人一样;人们决不可以说,希腊人在这方面堪与之争锋。①

不过,人们对于新事物的批评从未断绝。回顾整个文学论争史,我们可以看到的是人们对自己所处当下时代或保守或进步不断交替的评价。塔西佗早就愤愤不平地说过,人们崇古抑今,并未认识到古代事物曾经也是新事物。乌德勒支的阿达尔博尔特(Adalbold von Utrecht,约970年至1026年)曾在自己的《亨利二世传》弁言中也表露了类似的看法:

> 我们都知晓并且时时耳闻,人们在作品中对古老事物怀着喜悦推崇备至,而鄙夷地将新事物[47]弃如弊履。但是人们欣然接受

---

① Otfried,《福音书》(*Liber Evangeliorum*, ed. Oskar Erdmann, Halle 1882),卷1,1章,59—60行。

的古老事物若先前未曾时新过,也不会成为古老的。因此,一事物成为古老事物之前必先是新的。故而,轻视先行之事物,而只接受后来者以及附属于先行事物的事物,是何其愚蠢。很少有口渴的人面对着流淌的溪流,而要去搜寻江河。我们之所以如是说,并非要劝服大家鄙弃古老事物,而是吁请大家接受新事物。因为在所有既真切又有用的作品中,新与旧的价值是相同的。①

神学论著中尤其充斥着对古代事物的崇敬和对新事物质疑的声音。古老事物的拥护者自视为纯粹教义和传统的守卫者,他们对改变深表怀疑,并认为自己的任务在于承续并以疏解方式阐明先前所启明的事物和教父流传下来传统。对他们而言,现代性具有异端的意味。如果他们渴望革新,就会把眼光投向原始教会,因为它才是理想状态的体现。② 11 世纪出现的名词"现代"(modernitas)在一开始的意思是贬义的。莱谢瑙的贝尔托尔德(Berthold von Reichenau,卒于 1088 年)这样

---

① Adalbold von Utrecht,《亨利二世传》(*Vita Heinrici II. Imp*. MGH SS. 4, S. 683),序言。
② Johannes Spörl,前揭,页 299 及以下。

描述1075年罗马四旬节宗教会议:格里高利主教号召人们,清除教会中的弊病并对神圣的教父经典遗作稍作回顾性的审视,"我们的现代(modernitas nostra)几乎要忘记并废弃这些作品了"。①

以防造成背离纯粹教义等嫌疑,人们不厌其烦地引用教父作为无可争辩的权威。只有在权威引言万无一失的保护下,人们才敢讲出自己想表达的内容。戈斯曼补充道:

> 由于有被怀疑为今人的危险,中世纪作家为了掩饰所表露的新意而形成了纯粹重复古人的修辞种类,中世纪人对出处的虚构亦属此类。基于此,人们希望给自己赢得权威——这是[48]只表现自我发明和自我经验的现代作家永远不可能达到的。中世纪作品中对古人的大量引用,是要避免革新的嫌疑。无论宗教的抑或世俗的作品都以援引古人为开始。②

对传统权威的尊崇——无论异教-古代还是

---

① Berthold von Reichenau,《1075年年鉴》(*Annales ad annum 1075. MGH SS.* 5),页277。
② Elisabeth Gößmann,前揭,页43。

早期基督教的——至少有其积极一面:它可以促进人们对作家的研究。他们的作品在三艺(Trivium)中得到讨论,尤其在语法学和修辞学中。不过不是在相互关联的文本阐释中,而是东鳞西爪,针对个别语法或者修辞学问题。另外不容忽视的是,三艺(语法学、修辞学、辩证法)和四艺([Quadrivium],算术、几何、天文、音乐)——就如同在古代时期是哲学学习的预备阶段——在中世纪同样只是神学学习的预备性科学。它们之所以得到辩护,是因为其目的:为了研习圣经。

中世纪盛期三艺中的重点是辩证法。之所以这样,是受新兴起的亚里士多德作品接受所影响的,这与试图通过哲学、尤其是通过辩证法证实和说明启示真理的尝试是分不开的。① 同时,作为手段的辩证法也使人们有可能消除教父作品中貌似存在的矛盾。人们所理解的辩证法是一种思维训练,是神学的预备阶段。辩证法最早被称为"说服的艺术",在系统组织上它是逻辑的证明过程,相对于纯粹从作为学说权威的作家那里大量堆砌引证而言,这种证明更偏爱理性的论证。理性在

---

① R. R. Bolgar,《古代遗产及其受惠者》(*The Classical Heritage and its Beneficiaries*, Cambridge 1963),页149。

这里是胜过权威的。然而,辩证法应服务于神学,它最终应将不容质疑的基督教教义学说呈现为与哲学并行不悖的系统。坎特伯雷的安塞姆[49](1033年至1109年)和阿贝拉尔(1079年至1142年)将此方法扩展为 pro et contra[赞成与反对]或 sic et non[是与否]的方法。于是,这个具有经院哲学特点的方法很明显地摆脱了此前常被使用的评注性、仅引用教父权威的经解方法窠臼。它是一种系统化的进路,用观点驳斥观点——这些观点既来自教父亦来自异教哲学——,以求从论辩性的权衡中消解矛盾,从而得出一个自成一体的哲学-神学知识大全。①

鉴于本书的概貌性质,我们无法更进一步观察经院哲学内部唯实论者(古)与唯名论者(今)之间的这场一直延续到15世纪的冲突。② 不过其他的内容会激起人们的兴趣,比如对作者(auctores)的讨论。因为,人们对辩证法日胜一日的兴趣和在经院哲学教育背景下对语法和修辞术的忽视,一定会

---

① Martin Grabmann,《经院哲学方法史》(*Die Geschichte der scholastischen Methode*, 2 Bde., Freiburg 1909—1911),以及《中世纪精神生活:论经院哲学与神秘主义史》(*Mittelalterliches Geistesleben. Abhandlungen zur Geschichte der Scholastik und Mystik*, 3 Bde., 1926—1956)。

② Elisabeth Gößmann,前揭,页109—116。

影响到文学的接受状况。其实在中世纪早期,艺术排斥作者的趋势已经在暗流涌动,简单来说是 artes contra auctores[艺术(反)对作者]。理论家(今)与大力研究作家的拥护者(古)之间,对关于"方法中的熟巧是否应先于研究来源出处?"的争论,与唯实论和唯名论者在普遍性问题上的争执一样激烈。其中,antiquus[古代的]或 modernus[现代的]等等概念与其说是保守与进步的同义词,而毋宁说是争执各方的斗争武器,其关系甚至可以反转过来。接下来,我们要看的是这场艺术与书籍之战。

奥古斯丁派教士萨克森人圣维克多的胡戈(1096 年至 1141 年,自 1133 年起任圣维克多僧侣学校负责人)写过一本可能在当时最负盛名的教学大纲,与卡西奥多的《教育》和圣依西多的《词源》一样,它也是哲学和[50]神学学习的导引。其中的《辩证法研究》共六卷(卷七论冥思是后来所加),卷一至卷三讨论七艺,卷四至卷六讨论对圣经和神学的研究。胡戈在卷三里探讨了"作为预备,何种艺术对于真正的神学研究最为重要"的问题。他接受了传统的七艺(septem artes)经典,但是使语法、修辞和辩证法从属于逻辑学,他认为,逻辑学是一门独立的科学学科,是真正的认识论。关于技艺,他说,技艺同时也是入门的最佳手段,借助于它们,思想通往充分认识哲学真理之道路就会畅通无阻;它们之所以被称为三艺和四艺,是因为清醒的思想就似从两条路径进入智慧(sophia)的堂奥一样。①

不过在他看来,由于人们不再像早先时代那样要求每个人都有意或者有心学习整个自由艺术,因此,人们必须在有用性和多余性之间做出选择。他接着说,

有两种类型的作品:第一种形成了本质意义上的技艺,第二种由这些技艺的附属物组成。属于技艺的是隶属于哲学的内容,亦即具有确定哲学对象的内容,如语法学、修辞学以及诸如此类的。属于附属物的是以哲学为参照的内容,亦即其对象游离于哲学之外。②

---

① Hugo von St. Victor,《辩证法研究》(*Eruditio didascalica*. [Migne PL 176, 768]),卷 3,3 章。
② Hugo von St. Victor,同上,卷 3,4 章。关于其历史图景可参 Wilhelm Schneider,《圣维克多的胡戈的历史与历史哲学》(*Geschichte und Geschichtsphilosophie bei Hugo von St. Victor*, Münster 1933),页 10 及以下。

他将所有诗作都归于第二种,也就是附属物,它们只不过十分偶然或常常变相地涉及技艺以及哲学。诗作包括诗歌和散文,以及琐碎、烦冗地书写细微内容或极简之事或不加咀嚼地将迥异的内容汇编起来的哲人作品。他反复区分了[51]必要性和多余性,认为作品不凭借附属之物尚可,但若无狭义上的技艺则行之不远。对诗歌和诸如此类事物的研究都是自由闲暇时的事。

该大纲重要之处有两点:其一,教育背景中逻辑学的统治地位,其二,明显忽视广义上的文学,而偏重技艺,仔细来看即逻辑学或辩证法。二者之间是前因后果的关系。亚里士多德全集的发现使曾经身为三艺继子的辩证法获得出乎意料的蓬勃发展。巴黎在12、13世纪成为新派哲学的中心。辩证法的一路高歌给人们此前熟悉的作家和来源研究造成困难。由于七艺提供了一个自成一体的学说广厦,汇编论据和引文的材料读物便显得多余。辩证学者自诩为今人,嘲讽研究作家的拥护者为古人。人们完全可以说,这是巴黎经院哲学内部的反人文主义潮流。[①] 著名的神秘主

---

① Norden,前揭,页724;Haskins,前揭,页98;Curtius,前揭,页65及以下。19届科隆中古研究者大会论文集提供了丰富材料,参Albert Zimmermann编,《13世纪(转下页注)

者圣伯纳德(Bernhard von Clairvaux,1091年至1153年)对阅读作品的教学背景给予了最严厉的批判,尽管他本人可以书写流畅优美的拉丁文,但是他认为,为了基督生平去研究自由艺术是多余的。①

因此可以说,缪斯女神在12世纪从巴黎隐退到沙特尔和奥尔良,人们在这里继续着古代以及基督教早期诗作的研究。沙特尔学派人士伯尔纳度(Bernardus Silvestris,12世纪中期)用梅尼普斯讽刺风格创作出一部自然哲学论著《论宇宙或论宏观宇宙和微观宇宙》(*De mundi universitate sive Macrocosmos et Microcosmos*),由此接续了卡佩拉和波依修斯的传统。在他看来,研究诗人的作品(不仅是广义的文学)是学习过程中的重要环节,其终极阶段是基督教哲学。论及[52]诗人时他说:"诗人是哲学的引路人,故而马可罗比乌斯称其著作为'摇篮'"。② 在对《埃涅阿斯》卷六开篇场景的譬喻性

(接上页注)巴黎大学的论争》(*Die Auseinandersetzungen an der Pariser Uni. im XIII. Jahrhundert*, Berlin-New York 1976);亦参Josef Koch编,《自由技艺:论古代教育到中世纪科学的形成》(*Artes liberales. Von der antiken Bildung zur Wissenschaft des Mittelalters.* Leiden-Köln 1959)。

① Elisabeth Gößmann,前揭,页87。
② Bernardus Silvestris,《维吉尔〈埃涅阿斯〉六卷注疏》(*Commentum super sex libros Eneidos Virgili.* Ed. G. Riedel, Greifswald 1924),页36。

阐释中,他解释了上述言论的所指:埃涅阿斯为了躲避狄多而来到意大利的海岸,他与同伴急匆匆来到阿波罗神庙前方的阿忒弥斯林苑,一行人在山门看到代达洛斯生平画像;他进入庙宇;地狱中的女祭司已等候他多时。伯尔纳度如此解释埃涅阿斯为进入地狱做准备的场景:三艺(阿忒弥斯)的林苑是对雄辩的研习,这种雄辩要通过受教于作家方可习得。他们或真实或虚构的故事可比作山门的形象画作。阿波罗神庙则是哲学的技艺,神学或哲学的学说科目。类似于庙前的图画,作家也处于哲学的入口,要想进入庙堂,他首先会看到图画,但若要学习哲学,人人都必须先阅读诗人的作品,因为它们是对概念事物的感性塑造。只有在地狱中当人们经历过所有形象事物和世俗科目,继而才会洞悉到哲学(当然也隐含了神学)用之不竭的深度。[1]

　　伯尔纳度将诗作置于七艺和哲学之间。与巴黎的现代论者最多视之为三艺的语言材料相反,伯尔纳度将研读技艺家作品看作学习诗歌创作的前提,因为只有这样,人们方可正确认识到诗作的艺术特点及其精美所在。[2] 他赋予诗作——不只

---

[1] Bernardus Silvestris,前揭,页36—37。
[2] Bernardus Silvestris,同上,页38。

五、中世纪盛期和晚期

是广义上的书面作品——在教育事业的建设中以独特价值。诗作在他看来是不加区别的异教-古代和基督教传统的著作。他认为两个领域是统一的,因此,他才会对《埃涅阿斯》做神学的解读,视其为启示真理的预表。[53]往昔和当下处于一种预表式的关联之中。

沙尔特的伯恩哈特(Bernhard von Chartres,约卒于1130年)试图精确地区分古与今。将同时代人比作站在古代巨人肩上的侏儒,这个比喻可能出自于他。萨里斯伯里的约翰(Johannes von Salisbury,1110/1120年至1180年)曾为我们记录下了这句引言:

> 伯恩哈特曾言,我们好似侏儒,站在巨人肩膀上,以便于我们比他们看得更多、更远。能做到这样,并不一定因为我们眼光的敏锐或健硕的体格,而是因为我们被提升到这个高度并通过巨人的伟岸而得到拔高。①

---

① Johannes von Salisbury,《元逻辑学》(*Metalogicon* [Migne PL 199, 900]),卷3,4章。新版见 D. Doyle McGarry 英译本(Berkley 1962)。

今人虽然将知识的基础归功于古人,即过去时代的作家,但是立足于这些知识他们看得更远。这是一种优越感、一种得益于传统的进步,他们坚信会走得比那些大师更远。他们的眼光并不一定是回顾性的,而且做出的判断也并不执着于对古人无条件的赞叹,相反,他们将自己的当下时代理解为一种提升,一种正面理解的现代性。这种现代性并未自负地将过往时代抛至脑后,而是从往昔、从经典作品中为当下时代汲取知识,以深化并阐明对古人而言晦暗未明的知识。约翰在回顾中称沙特尔的伯恩哈特为"现时代高卢诸科学最活跃的源泉",① 因为他认真遵守了昆体良的教义,即只有在语法上得到训练、阅读了古人作品并竞争性地对其艺术进行模仿的人方为名副其实的文人(litteratus);② 只有如此,遵循技艺的各个阶段、踏着诗人和作家的足迹,才能上升至科学的顶峰。但令他感到遗憾的是,在他的时代,这一原则不再是放之四海皆准的了。[54]其实,沙尔特和奥尔良学派是个例外,人们在那里仍然坚持着人文主义研究,程度之深,以至于一位语法学家在

---

① Johannes von Salisbury,前揭,卷1,24章。
② Johannes von Salisbury,同上。

五、中世纪盛期和晚期

12世纪末不无担心地说到,奥尔良会因其崇奉异教诸神而丧失通往天堂的道路。①

需要明确的一点是,古典文学研究并不是目的本身,内在于语法和修辞学内部的它是对技艺的研究,并且应为更高阶段的研究提供工具。另外,巨人与侏儒的比喻说明,人们并不满足于纯粹回顾性的模仿,他们赋予当下时代以新的品质,即赋予其对传统的预表式提升的品质。耀斯评述到,

> 处于新时代开端时期的历史自我意识,在12世纪今人派那里得到典型地表达,作为一种经验,它既不能被视作对古代的模仿亦不能被视为革新,而应将其看作提高和完满。此外,最初伯恩哈特将现代人比作站在巨人肩上的侏儒的著名比喻,具有预表意义:即赞美伟大的古代大师,从基督教当下的进步中得到提升(当下时代看得更远)。②

---

① Haskins,前揭,页103。
② Hans Robert Jauß,《古/今(古今之争)》(Antiqui/moderni [Querelle des Anciens et des Modernes]),见 *Historisches Wörterbuch der Philosophie*, Darmstadt 1971,卷1,页412;亦参Ohly,前揭,页324。

因而，人们也并不是奴颜婢膝地去模仿古代作家，并且也未将其视为最终的诗学权威。例如，旺多姆的马太(Matthäus von Vendôme)敢于在其《诗艺》(*Ars Versificatoria*，1175年之前)中对传统的榜样大加指摘。在其广为流传的诗学中，他抛弃雍容的(亚细亚)风格，将简洁、精炼的写作方式看作新的理念。但是，我们并不能因此而称其为文艺复兴、甚或重返古人思想和风格手段，因为这与12世纪下半叶民族文学的勃兴是相悖的。

尽管如此，人们只是在有局限地——至少涉及内容时——使用着进步概念[55]，因为根据预表观点，历史的前进并不带来新的真理，它只是完成预先描画好的事物，也就是说，历史的真理从一开始就已得到启示。只是在早期，人们未能完全领会它，原因在于那时的历史真理是被遮蔽并被隐匿的。不过，随着不断的注疏，人们逐渐洞见到真理，后来者之所以比前辈懂得多，是因为立足于前人知识上的他们能够更加深入到救恩史的真理。这种思想亦为站在巨人肩膀的侏儒比喻奠定了基础。不过，二者的关系发生了颠转。同时代的现代人在知识上胜过古人，因而，前者——而非后者——从知识储备来看，在不断敲开真理的意义上，才是真正的古人，亦即晚期的亲系，而古人

五、中世纪盛期和晚期 91

则属于年轻、早期的阶段,预表性世俗法则的神秘意义在当时还没有完全显露出来。①

萨里斯伯里的约翰是沙尔特学派硕果仅存的一位伟大代表,是公认的古代及其传统研究方面一流的方家。他在前面引用的《元逻辑学》(*Metalogicon*)中为古典的七艺学习和对古人作品研究辩护,反对经院辩证法日益增长的优势。他是一位带有批判眼光的传统论者,试图在古人和今人之间进行平衡。② 在他看来,语法与修辞学属于

---

① 关于惯用语的历史和解释参 Foster E. Guyer,《巨人肩上的侏儒》(*The Dwarf on the Giant's Shoulders*),载 *Modern Language Notes*,45,1930,页 398—402;另参 Edouard Jeauneau,《巨人肩上的侏儒:论伯恩哈特的阐释》("Nani gigantum humeris insidentes". Essai d'interprétation de Bernard de Chartres),载 *Vivarium*,5,1967,页 79—99;以及 Hubert Silvestre,《"愈年轻,愈敏锐":古今之争的背景》(Quanto iuniores, tanto perspicaciores. Antécédents à la Querelle des Anciens et des Modernes.),载 *Publications de l'Université Lovanium de Kinshasa. Recueil Commémoratif du Xe Anniversaire de la Faculté de Philosophie et Lettres*,1967,页 231—255。

② Hans Daniels,《萨里斯伯里的学说》(*Die Wissenschaftslehre des Johannes vonn Salisbury*. [Diss. Freiburg 1930] Kaldenkirchen 1932);H. Liebeschütze,《萨里斯伯里生平和作品中的中世纪人文主义》(*Mediaeval Humanism in the Life and Writings of John of Salisbury*. London 1950);Georg Misch,《自传史研究(5):萨里斯伯里与中世纪人文主义问题》(*Studien zur Geschichte der Autobi*-(转下页注)

学术教育的根基。与上文提到的伯恩哈特一样,他的教学方式是仔细阅读古代作家。他说,同时代人错误地认为他们的知识只归功于自身,其实他们是以古人的丰富财富为基石的。他以另一种方式重复了伯恩哈特的宗旨:

> 前人曾经在研究中为之花费时间耗费精力的事物,如今人们可以轻易快捷地达到。我们的[56]时代受惠于先前时代的善举并且常常知晓得更多,但这并不是凭一己之力:它是基于他人的力量和父辈们的财富。①

他认为,存在一种传统的一致性,它会囊括往昔(古代和父辈的时代)和当下时代。他并非无条件的崇拜古人,因为他也看到自己所处时代对真理不断进步的阐明过程,并且也强调逻辑学作为基础科学的意义;但是,他也斥责一些人新的追求,他们自以为不用回到传统便可以达到目的。

(接上页注) *ographie. V. Johann von Salisbury und das Problem des mittelalterlichen Humanismus*. Göttingen 1960 [= Nachrichten der Akademie der Wissenschaften in Göttingen. I. Philologisch-historische Klasse, 1960, Nr. 6, S. 231—357])。

① Johannes von Salisbury,前揭,卷 3,4 章。

在他看来,如果不立足于过往时代的知识财富的话,人们会错失接近真理的良机。此外,他还持有一个教父们早已提到过的神学论据,即前基督教古代文学对真理的占有要么通过原始启示要么通过仰赖犹太教传统。戈斯曼写到,"从这种思想来看,前基督教时期的古代——虽然未曾认识到基督教学说——通过不断参与基督教学说,并且在基督教时期被视为准绳,而不至于跌落至本来的标准之下,足以证明其独特的规范性特点"。① 正是因为那帮狂热、反人文主义的辩证学家丧失了水准,约翰才对他们大加伐挞。他说,知识被烦冗的饶舌所替代;有人胆敢研究古人作品或以其为根据,就会招来恶语相向、遭到谩骂;一切都不再有效;人们迅速建立起自己的学说;他们改变了语法和辩证法,并遏制了修辞学;革新癖将触角一直伸向哲学的圣坛。② 他多次重复了这些控诉,批评主要集中在对三艺的忽视,其中,对作家的研究亦属于三艺:

> 某些时人把不倚仗语法而能滔滔不绝,

---

① Elisabeth Gößmann,前揭,页 70。
② Johannes von Salisbury,前揭,卷 1,3 章。

视作是对自己的赞颂。他们视语法为无用,大吹大擂地[57]在所有公众面前夸口自己与语法毫无瓜葛。①

他在类似于君王镜鉴的作品《论政府原理》中讨论了狭义的诗作,然而在讲到古人时他几乎未区分诗作和论文。他称,人们应在有经验的教师指导下接近古人的诗作,因为,如果这些作品不能得到正确地阅读,就会混乱欲望激起激情,只有在正确指导下,这些读物才会带来益处和愉悦:

诗人也会促进德性,并为哲学提供素材。他们不教诲恶习,只是将其揭露出来。诗人会带来益处或娱乐。他们穿行于生活的礁岩,为德性开辟出一席之地。②

约翰在此暗示的是贺拉斯的"益处和乐趣"(prodesse et delectare)。他引奥德修斯的迷途来说明自己的意思。他说,奥德修斯从同伴的命运得到教益:

---

① Johannes von Salisbury,前揭。
② Johannes von Salisbury,《论政府原理》(*Policraticus*. [Migne PL 199, 656]),卷7,9章。

因为,只要眼见友人的不幸——即便自己很难过——自己也会变得谨慎。与不幸者的关系愈亲密,这样的不幸事件愈使人胆寒。范例常常比命令有用。人们先前对恶行知道得越详细,便越会轻松避免恶行。①

诗作,尤其是古人的作品,是对德性学说的形象化塑造,因而,也是哲学的先导阶段。这一点为阅读古人诗作提供了正当理由。

约翰虽然是位人文主义者,但是也承认当下时代的正当性。他认为对古人(古代作家和教父)不加区别、毫无保留地崇拜是不正确的,因为古人还未处于认知的阶段;而只要借助于古人的成就,当下人就能够登上该阶段。他竭力反对人们只因为某事物是古老的便大肆赞颂的做法。并认为,当下人无须[58]遮掩自己的成就,因此,如果有道理的话,他对当下成就的热爱也要毫不迟疑地多于对古人的热爱。② 由于在经院哲人中有一种鄙弃一切古老事物的潮流,相对的,在传统论者中间也有一众轻视所有新事物的人,他们不假思索地

---

① Johannes von Salisbury,前揭。
② Johannes von Salisbury,《元逻辑学》,序言,1。

全盘接受了古人的看法,只是因为他们是古老的。

约翰寻求传统性和现代性之间的平衡。至于他如何思考这一平衡,可以从他所描述的一个比喻中知晓——塞涅卡和马可罗比乌斯也引用过此喻,①

> 如在《萨提尔节》②和塞涅卡致路奇利乌斯的信中说的那样,我们应该以某种方式模仿蜜蜂。它们寻寻觅觅,从花朵采集花粉,并将采来的花粉分别注入各个蜂房。通过混合和天生独特的能力,它们使来自不同花朵的蜜汁变为特有的口味。③

新事物是经过对古代和基督教传统的融合吸收而产生的,虽然新事物胜过往昔,但没有往昔,新事物也无从想象。

---

① Johannes von Salisbury,同上,序言,3。
② 译按,《萨提尔节》(*Saturnalien*)为语法学家和哲人马可罗比乌斯(Macrobius Ambrosius Theodosius,约 385—430)的作品,据说该作品是对柏拉图《会饮》的模仿。
③ Johannes von Salisbury,《论政府原理》,卷 7,10 章。关于"蜜蜂"喻,参 Jürgen von Stackelberg,《蜜蜂喻:论文学中模仿的历史》(Das Bienengleichnis. Ein Beitrag zur Geschichte der literarischen Imitatio),载 *Romanische Forschungen*,68,1956,页 280—293。

布洛瓦的彼特(Peter von Blois,约1135年至1204年)亦借同样的比喻来驳斥他人有关他是古代和圣经文本的汇编者这样的苛责。他说,人们所指责的,正是教父们曾使用过的方法。① 对古代——无论是异教的还是基督教——的学习,在他看来之所以是正当的,是因为这样的学习是取得超过他们知识水平的必要前提。② 他还在预表式提升的意义上提及了重获新生的往昔时代。

传统论者与现代论者的冲突(古人-今人这一对立并不适用这一语境,因为人们当时用它来指[59]个别经院哲学思潮内部的争执③),主要围绕着三艺作为哲学或神学学习的预备阶段的意义问题。任何人,包括最为严苛的传统论者,关心的都不是古代的重生,原因在于,这一思想在预表的历史观框架中是不可思议的。现代论者局限于三艺的理论或技术手段,而传统论者则号召人们从学习作者、学习三艺的源泉来入手。圣维克多的哥特弗里德(Gottfried von St. Vic-

---

① Peter von Blois,《书信》(*Epistula*[Migne PL 207, 289]),XCII。
② Buck,《中世纪和文艺复兴时期古今之争前史》,前揭,页530及以下。
③ M.-D. Chenu,《圣托马斯研究导论》(*Introduction à l'étude de saint Thomas d'Aquin*. Paris 1974),页112。

tor,约 1130 年至 1194 年)在缅怀过往时代的伟大光辉时,他所表达的并不是缅怀一个无法被唤醒的逝去的黄金时代,而是哀叹退步,哀叹当下时代对三艺的忽视,

> 命运啊!古人何其幸福的时代!/而今一切改变如此之巨!/你这令人心仪的神圣思想的驭师,/雄辩术,而今却被遗忘!①

他认为,那些作家是取之不尽的(无论是世俗抑或神性)知识源泉,尽管如此,人们还是会轻视他们。即便想要舍弃传统的今人,实际上也都是基于古人的财富进行创造的。他们在前人的知识上建筑,并且看得更远。哥特弗里德称古人为七艺的酒司,今人凭借古人的高脚酒杯所斟的酒而变强。② 所有科学都源自七艺。阿兰·德·里耶(Alanus ab Insulis,约 1128 年至 1202 年)在其譬喻教诲诗《驳克劳狄安》(*Anticlaudianus*)中使明

---

① Gottfried von St. Victor,《哲学的源泉》(Fons Philosophie)23 节,见 M. A. Charma 编 *Mémoires de la Société des antiquaires de Normandie* 27,Paris 1896,页 1—49(新版见 P. Michaud-Quantin 编,Namur 1956)。
② Gottfried von St. Victor,同上,31 节。

智女神坐在七艺的车驾升往天庭,她要在那里恳请援助来创造完人。① 对七艺的学习和对古代作家的认识是[60]学习哲学和狭义上的神学必要的、基础性的准备,这一共同思想为伯尔纳度至阿兰·德·里耶等人都努力尝试的对比、比喻或者譬喻奠定了基础。人们的争执所在只是详细程度的问题和除了教父,异教作家在多大程度上应被纳入进来等问题——这些都是自然的前基督教道德理性的范例,这样的理性在基督教中才得到完善。大家都不怀疑古代作家在风格上的典范性——对于这一点,教父们早已大加赞赏;人们只是在不同程度上对这样的典范性进行竞争性地模仿。

预表式史观在 12 世纪的历史书写中与罗马正当地将政治权柄让渡法兰西,以及科学和艺术如今已在高卢落地生根等观念相结合。预表式史观有其神学根源,它将历史划分为三阶段(historia tripartita):紧接着耶路撒冷圣殿时期的是耶路撒冷教会时期,后者预示了神圣耶路撒冷的到来:

---

① Peter Ochsenheim,《阿兰·德·里耶〈驳克劳狄乌安〉研究》(*Studien zum Anticlaudianus des Alanus ab Insulis*. Bern-Frankfurt 1975)。

中世纪成为真正、高度的中心时代(media aetas),它与基督一同上升,目标是到达彼岸。它承载着双重的高尚荣耀:既是古老世代的完成,又是即将来临时代的前奏。两者都是取得至高创造的动力,因为,提高古代、预示未来,如今正当时。①

在世俗统治中渐次消解的四世俗王国(巴比伦、波斯、马其顿、罗马)学说有其异教-古代根源。② 罗马是权柄的最终担纲者,世俗历史会与罗马帝国同存亡。哲罗姆将这一世俗历史分期引入基督教思想,他认为该分期得到圣经和但以理书中梦境的解释等等的证实。③ 罗马帝国在基督教时期仍得到维持,它被预表式地提升为神圣罗马帝国。当时的人们认为自己处在罗马-西方的

---

① Ohly,前揭,页 324。
② Werner Goez,《帝国的转移:论中世纪和近代早期历史观和政治理论史》(*Translatio Imperii. Ein Beitrag zur Geschichte des Geschichtsdenkens und der politischen Theorie im Mittelalter und der frühen Neuzeit*. Tübingen 1958),页 20。
③ 但以理书,2:21—45;参 Paul Egon Hübinger,《古代晚期和早期中世纪》(Spätan-tike und frühes Mittelalter. Ein Problem historischer Periodenbildung [1952]),载氏编 *Zur Frage der Periodengrenze zwischen Altertum und Mittelalter*. Darmstadt 1969,页 149。

五、中世纪盛期和晚期 101

传统之中。法兰克人的统治并未开启一个新的世俗君主国,只不过是罗马帝国的统治头衔转让给了新的民族。① [61]根据罗马教廷的观点,这一可与可夺的头衔守护者是教皇。②

但以理书的四世俗王国学说为弗莱兴的奥托(Otto von Freising,1114/15年至1158年)的《编年史》(Chronik)奠定了基础。罗马帝国是终末前的最后一个伟大世俗王国。它一直延续至今,人们称其为晚期。这个帝国的统治头衔先从罗马来到君士坦丁堡,接着随着查理大帝的加冕,来到了法兰克人那里。③ 奥托从世俗历史的进程中看到一种天意秩序,并且也看到历史是自西向东发展的——这一思想在教父时期早已有之。因而,政治权柄向法兰西人的让渡成为一种历史必然,与之相类似并且方向相同,紧接着的是科学和艺术的转移:"一切人类权柄和科学发端于东方,结束于西方"。④ 科学(scientia/sapientia)自巴比伦经过埃及、古希腊、罗马,最后来到高卢和西班牙。⑤

---

① Goez,前揭,页104及以下。
② Goez,同上。
③ Otto von Freising,《编年史》(Chronia sive Historia de duabus civitatibus[MGH SS. 20, 226]),5章,31节。
④ Otto von Freising,同上,序言,1。
⑤ Otto von Freising,同上,序言,1,5。

博韦的樊尚(Vinzenz von Beauvais,约 1190 年至 1264 年)给科学新坐标予以更为精确的定位:卡尔大帝将智慧研究从罗马带到了巴黎,就如同它曾经自希腊来到罗马那样。①

上述广博的政治、文化转渡思想——一如它在 12 世纪开始流传那样——是该时代人自我意识不断增强的结果:他们不再自视为向后看的傀儡角色,相反,他们意识到了历史的提升,并赋予自己的时代以独特的价值。在历史的天意计划中,他们是与前辈们并驾齐驱的;他们占据传统的资源,在西方发展延续性的意义上它可以为他们所用。作为这一自我意识的表达,民族文学开始了其第一次绽放。② 克里蒂安·德·特鲁瓦(Chrétien de Troyes,约 1135 年至 1190 年)的《克里盖斯》(*Cligès*)一段被引用较多的诗行说明了这一自信:

> [62]借助手头的书籍,/我们认识到古人和早前/时代的壮举,/我们的书籍告诉我

---

① Vinzenz von Beauvais,《史鉴》(*Speculum historiale*),22 章,173 节。
② Curtius,前揭,页 387 及以下;Jauß,《作为挑衅的文学史》,页 21。

们,/希腊曾享有骑士制/和博学者的第一个盛名。/随后骑士制和各门科学/相继来到罗马,/如今它们在法兰西接踵而至。/主啊,请让它们驻足于此/让它们在此欢欣愉悦,/不再离开法兰西。①

受到与克里蒂安相同思想——即各门科学和艺术在法兰西蓬勃发展——的鼓舞,马普(Walter Map,约1140年至1209年)强烈反对人们对当下时代的贬低。不过,他视此为普遍的、往复的现象:"任何时代都不钟意自己的现代性"。② 他认为,往昔不应太过强势,以至于人们在他面前哑口无言并忘记了自己的当下时代,

> 多么奇特的戏剧! 亡者仍存活,而活人却代替他们被埋葬。我们的时代也许也有在索福克勒斯肃剧面前不失体面的作品。③

这位曾求学于法兰西的英国人文主义者并不

---

① Chrétien de Troyes,《克里盖斯》(*Cligès*),27—38。
② Walter Map,《廷臣琐屑》(*De nugis curialium*. Ed. M. R. James, Oxford 1914),卷4,5章。
③ Walter Map,同上,序言,5。

是古人的敌人,他只是要反对如下观点,即古人作品的铜绿已是其质量上乘的明证。古与今对他来说皆非价值概念,二者只具有时间划分的特性。

不过,与这种想要赋予古人以及今人正当性的权衡性评判——如沙特尔的伯恩哈特在其比喻中的典型做法——相对立的是日渐增长的反人文主义思潮,这种思潮在 13 世纪日胜一日。对研究古代作家行为的批判有着诸多根源。[63]正统派一方认为阅读异教文学不仅是无用的,而且甚至是有害的——虽然他们转过头来又在集中研究亚里士多德哲学。经院哲学一方相信不借助古代作家的作品也可以对语法进行系统化,圣经或教父作品中的范例已经足够。① 这一思潮诸多见证者中极具代表性的人物是维尔迪欧的亚历山大(Alexander von Villedieu,约 1160/70 年至 1250 年),此人对 13 世纪的教学活动影响甚巨。他以韵文形式写成的系统语法大纲《论儿童教育》(*Doctrinale puerorum*),②是除贝提纳的艾伯哈特(Eberhard von Béthune,卒于 1212 年之前)《论学》

---

① Gößmann 对威胁到研读作家的趋势有过很好的总结,前揭,页 99 及以下。
② Alexander von Villedieu,《论儿童教育》(*Doctrinale puerorum*. Ed. D. Reichling, Berlin, 1893)。

(*Grecismus*)之外最重要的教学大纲,该大纲摆脱了多纳图斯(4世纪)和普里西安(6世纪)的语法规则。① 他将语法划分为三大部分:词源学、句法学以及韵律学。比起从流传下来的文学中罗列尽可能多的例证,对素材的系统划分更为重要,前者属于早期教科书的特点。这一转变的根源与新派的思辨逻辑学的主导性角色息息相关。由于受到语言可以成为逻辑思辨的精密工具的理念影响,维尔迪欧的亚历山大从传统的观念——古典作家是地道拉丁文唯一真正的引导者——中解脱出来。于是,对拉丁文语法的学习与研究古代文学相分离。② 此外,作者也有神学-道德上的顾虑:

> 奥尔良教导我们献身诸神。/这指的是法乌努斯、朱匹特和巴库斯的节日。/根据大卫王的见证这是会带来灾祸的教席,/任何圣人都不会端坐其上,祈祷会败坏人的/学说,它——在其他地方——/也是一种疾病,许多人已经受到传染。/勿读与圣经相悖的读物。③

---

① Curtius,前揭,页53及以下。
② Bolgar,前揭,页209及以下。
③ Alexander von Villedieu,《基督教会》(*Ecclesiale*),序言(转引自Paetow,页28,参下注)。

[64]这种对借助譬喻解释将古代文学引入基督教尝试的批判,自教父时期就已不绝于耳。如今,它与七艺教育背景中人们对阅读和研究[古代作品]的普遍荒废相结合。不过并不是所有教会学校和僧侣学校都是如此。奥尔良和巴黎成为对立阵营的代表地区,它们的大名——这一比喻丝毫不夸张——成为七艺之战(*Kampf der Sieben Freien Künste*)敌对阵营的冲锋号角。

1375 年左右的一首诗歌题目便是《七艺战争》,作者为亨利·凼德里(Henri d'Andeli)。① 尼策(William A. Nitze)称这首描绘了奥尔良与巴黎之争的讽刺譬喻诗为"古今历史论争的里程碑"。② 获得作者同情的语法学在奥尔良阵前聚集了欲与巴黎一战的扈从。这些人中间有古人和今人中的语法学家以及自荷马以降至伯尔纳度、阿兰·德·里耶等作家。在巴黎,逻辑学全副武装对抗敌人的攻势。它的军队由其他的技艺——

---

① 参《七艺战争》(*The Battle of the Seven Arts. A French Poem by Henri D'Andeli, Trouvère of the Thirteenth Century.* Edited and Translated with Introduction and Notes by Louis John Paetow, Berkley 1914)。
② William A. Nitze,《所谓的"12 世纪文艺复兴"》(The So-called Twelfth-Century Renaissance),载 *Speculum*, 23, 1948,页 464—471,尤见页 467。

除开辩证法和智术师的修辞学,主要是"自然科学"技艺——,如双法(译按:即民法和宗教法,亦即教会法)、医学以及哲学和神学组成。对于逻辑学的军队和"新派"科学,作者并没有为其高唱赞歌。由于巴黎的军队处于上风,奥尔良的军队铩羽而归。逻辑学高奏凯旋——不过作者称,这并不非一劳永逸的胜利,因为30年之后会产生新的一代,他们会重新学习语法、研究古代作家,就如同在他的少年时代那样不言而喻。然而,这一夙愿还未成为现实。在当时巴黎的教学计划中,根本不再有作为教学对象的古代作品阅读,即便在奥尔良,它也不断减少。[①] 之所以如此,不仅是因为逻辑学或辩证法在哲学和神学中的优势,并且还因为人们对[65]实践科学如法学、医学不断增长的兴趣。凶德里致力于复兴学园教育中的语文学研究,基于对古代作家的认识,他认为,对语言的掌握是所有科学的前提——该表达在后来再次获得其意义。不过处于保守主义之中的作者忽略了新兴的、具有部分实用性的科学取向的思路——尽管["实用性"]这一修饰语只能有所保

---

① Buck,《中世纪和文艺复兴时期古今之争前史》,前揭,页533。

留地加给13世纪。他引用了许多12、13世纪伟大的人文主义作品,将他们列为语法学的扈从,但未能认识到,他们并不是自视为亦步亦趋的傀儡,而是"眼界宽阔的"(站在巨人肩膀上的侏儒)完成者和往昔的克服者。

传统性和进步地阐明知识或真理的思想,在中世纪绝非两种相互排斥的对立面:"人们所理解的进步在中世纪已经成为虽然依赖于古代却又超逾古代的探寻真理的伦理义务"(布克)。① 人们虽然不怀疑古代作家的教育价值,但是后者作品所传承的知识并不是不可逾越的知识的最终阶段,因为知识在时间中会逐渐延展开来。人们在中世纪用来描述自己与古人关系的各种譬喻已经表达出这一点。后来,人们在意义上稍加改变了格利乌斯(Aulus Gellius,约130年至170年之后)的名言,将上述关系更明确地表述为:真理为时间之女。②

但丁(1265年至1321年)曾在其《帝制论》(*De Monarchia*)一书被多次引用的文段表达了类似思想。他说,基于往昔的知识,任何时代都创造

---

① Buck,前揭,页531。
② Aulus Gellius,《阿提卡之夜》(*Noctes Atticae*),卷12,11章,7节。

了可以为后世提供财富的事物。因为,再次论证欧几里得的命题,或照着西塞罗的榜样去为古代辩护,意义何在?① [66]用他自己的话来说就是,但丁想要开启其他作家还未触及的真理领域。② 而各位教父与沙特尔和奥尔良的人文主义者所理解的任务亦与之相差无几,即通过多层的字面义来解释或阐明对于古人而言晦暗未明的内容。指导但丁的思想是较量(aemulatio),而非对古代作家的模仿(imitatio)。他想要通过新的基督教内容来提升流传下来的诗作。③ 他——与整个中世纪同侪一样——眼中的历史是救恩史。基督教的罗马是对古代罗马的完成。translatio imperii[统治的转移]在他看来是他所理解的历史之不可撼动的原则。④ 因此,与此原则无法割裂还有

---

① Dante,《帝制论》(De Monarchia),卷 1,1 章,1—4 节。
② Dante,同上,序。
③ Hermann Gmelin,《文艺复兴时期罗曼语文学中的模仿原则》(Das Prinzip der Imitatio in den romanischen Literaturen der Renaissance),载 Romanische Forschungen,46,1932,页 83—360,尤见页 86。
④ Dante,《神曲·地狱篇》(Inferno),第 2 歌,20—24 行;参 August Buck,《罗曼语地区的人文主义原则》(Das humanistische Prinzip in der Romania. Bad Homburg 1968),页 65—67;Walther Rehm,《西方思想中罗马的没落》(Der Untergang Roms im abendländischen Denken. Leipzig 1930),页 41 及以下。

translatio studii[学术的转移]。

但丁的古代观仍是拉丁中世纪的。① 罗马的往昔在中世纪世界图景中是基督教传统的一部分:"起主导作用的是由特洛伊经罗马至意大利的当下时代的历史想象,人们不假思索地使罗马文学服务于基督教学说"(格美林[Gmelin])。② 而人们所凭借的手段则是譬喻解释,但丁作品中所用的也是此方法。③ 他之所以可以将自己列入古代伟大作家的圈子,④是因为他自视为并视自己的时代——从中世纪历史图景预表式延续的意义上来看——是对古代-异教往昔的完成者和完成。维吉尔可以在通往彼岸的道路上陪伴他一段路程,因为在他看来,维吉尔是"一位罗马遣来的令上帝喜乐的诗人,用他自己的话来说,就是 divinus poeta noster[我们的神圣诗人],是一位宣告罗马世俗

---

① Ernst Robert Curtius,《但丁与拉丁中世纪》(Dante und das lateinische Mittelalter),载 *Romanische Forschungen*,57,1943,页 153—185,尤见页 155。
② Hermann Gmelin,《但丁与罗马诗人》(Dante und die römischen Dichter),载 *Deutsches Dante-Jahrbuch*,31—32 N. F. 22/23,1953,页 42—65,尤见页 42。
③ Dante,《宴饮》(*Convivio*),卷 2,1 章,2—15;致 Can Grande 信。
④ Dante,《神曲·地狱篇》,第 2 歌,78 行及以下;Curtius,《欧洲文学》,页 27 及以下。

统治是基督教教会的先导阶段的传令官"。①

在但丁这里说文艺复兴或者说古代的重生还为时尚早,因为他的思想仍深深地植根于中世纪的人文主义之中。无论从形式抑或神学思想财富来看,他的《神曲》仍属于中世纪的譬喻教诲诗作传统;他[67]至少熟知阿兰·德·里耶的《驳克劳狄安》。不过,就如同与维吉尔的竞争那样,他在与中古拉丁文教诲诗作的竞争中也将这一文类——根据库尔提乌斯——"通过提升而吸收和克服了"。《神曲》"成为一个巨大的历史宇宙,它完满了彼岸王国的超验性"。②

但丁试图超越的榜样皆为古代和中世纪的拉丁语作家。在他看来,拉丁文的诗歌传统是一个整体。因此,他可以在创造民族文学语言的努力中毫无差别地将古代和中世纪的来源用作竞争性模仿的样板。因其自然性,这种民族语言堪与拉丁文比肩,而且由于它是一门活语言,它甚至远胜于拉丁文——"因为没有什么像崇高的民族语言那样精美绝伦,所以很明显,所有时人都应该使用它"。③ 他

---

① Gmelin,《但丁与罗马诗人》,页43;Dante,《帝制论》,卷2,3章,48节。
② Curtius,《但丁和拉丁中世纪》,页176及以下。
③ Dante,《论俗语》(*De vulgari eloquentia*),卷2,1章,2节。

还认为,越是贴切地模仿那些根据语法、诗学、修辞术规则书写的作家,就越能更好地掌握诗学:"因此,试图构建民族诗学语言的我们,必须与那些打磨精美的诗学相竞争"。① 根据拉丁文的榜样,他区分了民族语言的三阶段:低级,中级,光辉(humile/mediocre/illustre)。② 最高阶段的特点在于其充满艺术性和丰富多彩的句式:"它是博学的、可爱的、崇高的;是尊贵的风格艺术家的语言"。③ 不过,他将此最高阶段限制在诸榜样的范围之内。他建议,人们最好在伟大的古代风格大师那里去学习这种光辉风格,尤其是在维吉尔那里学习诗歌,在李维那里学习散文。④ 不过,西塞罗似乎还远未能入其法眼。人们虽然明确表达了古代的模范性,但这并不意味着人们应以模仿的方式接近他们,或者返回到他们那里。关心民族语言的但丁在拉丁文学的伟大作品中看到的更是——丝毫没有贬低的意思——精美语言风格的练习模版,类似地,这种风格的规则也应被引入民族诗歌和散文。[68]这是民族语言逐渐的解放过

---

① Dante,前揭,卷2,4章,3节。
② Dante,同上,卷2,4章,6节。
③ Dante,同上,卷2,6章,5节。
④ Dante,同上,卷2,6章,7节。

程,它们置身于与神圣语言的三阶段一旁,但不是要与它们竞争,作为相比肩的文学语言,而是要同它们轮换。在这里,古-今这组对立还并不适用。

六、文艺复兴时期至 17 世纪末

[69]中世纪对世界史的阐释模型——既有关于四世俗王国的说法和罗马帝国延续到世界终末的说法,也有前基督教、基督教、彼岸阶段(ante legem, sub lege, sub gratia)的预表式三分学说①——产生于直线型结构的历史观,该历史被视作救恩史,并从其终点——亦即基督的再临——出发,视自身为上帝救恩计划的合理次序。每个阶段都是下一阶段预表式的预示,下个阶段则在预示中实现。在这种思想看来,一切都处于计划周密的关系之中:古代在基督教中得以完成。一切都是整体的一部分。

彼特拉克(1304—1374)似乎是首个反驳历史直线型更替思想的人。他不同意基督教民族全盘接受了罗马的统治和文化这一广为流传的见解。②

---

① Hübinger,前揭,页 148 及以下。
② August Buck,《文艺复兴时期的历史思维》(*Das Geschichtsdenken der Renaissance*. Krefeld 1957),页 12。

中世纪(media aetas)之于他就是黑暗时代,它随着罗马共和国的没落而开始。① 布克写道,"因为意识到当下与古代之间的距离,彼特拉克能够将与中世纪对立的古代理解为一个已完成的时代,并因此而能'历史地'看待它"。② 在彼特拉克看来,自己所处的当下与古代之间的世纪是野蛮的世纪。③ 穿过中世纪,他回望理想化的过去,即古典的古代。他将预表学历史三分的神学样式世俗化,他认为在第三阶段,[70]古代的模范性应转变形式自我革新。彼特拉克重新吸收了古代循环式历史进程的观点。④ 不过,他并不相信过往时代真正的重生:

> 彼特拉克,这个第一位人文主义者和第一位"世俗"人,几乎也必然地首次用新的历史意识去理解自身价值、特殊性以及罗马史和罗马帝国的"罗马性"和民族性,并将其吸收到自身。他认为自己和自己的时代是新的

---

① Gößmann,前揭,页130。
② August Buck,《彼特拉克的人文主义》(Petrarcas Humanismus),载氏编 *Petrarca*,Darmstadt 1976,页8。
③ Jauß,"文学史",页27。
④ Gößmann,前揭,页135;Jauß,"文学史",页26。

并且在本质上与过去相对立的事物,认为自己是"现代的"(modernus),并且并不只有他一人。①

彼特拉克视罗马共和国史为当下时代的学习典范:"整个历史除了是对罗马的赞颂还会是其他吗?"②罗马帝国时期和中世纪被他看作是衰落的时代而排除在他理想化的历史图景之外。而彼特拉克与古代之间的关系并不完全明朗:因为尽管他难掩对伟大罗马的赞美之情,但是又认为自己所处的当下经过基督教启示之后优越于异教的古代,"他们生活在黑暗的夜里,而我们生活在光明"。③ 彼特拉克试图凭借教父的论据来解决这一冲突——一方面是罗马的世俗典范,另一方面则是后世在神学上的优势——,他说,之所以说古代伟大的思想家和诗人都是潜在的基督徒,是因

---

① Walther Rehm,前揭,页 44 及以下。亦参 Richard Newald,《人文主义兴起前西方古代思想的余韵》(*Nachleben des antiken Geistes im Abendland bis zum Beginn des Humanismus*. Tübingen 1960),页 388。
② Petrarca,《责难》(*Invectiva contra eum qui maledixit Italie*. Edd. G. Martellotti/P. G. Ricci/E. Carrara: Prose. Mailand-Neapel 1955, S. 790)。
③ Petrarca,同上,页 802。

为他们在自己所处的知识水平上认识到了基督教的优势,如果他们生活在基督教时代,他们一定会认信基督教。故而,他把深爱的西塞罗与被他任意解读的基督教父奥古斯丁相提并论,二人都是他的榜样:"彼特拉克认为,奥古斯丁和其他教父都完美证明了古代作家同基督教在精神上的亲近"(布克)。① 古代智慧与基督教真理并不相抵触,因为二者的源泉都在于原始的启示之中;这是[71]早期基督教教父时期神学讨论中的共识,彼特拉克接续了这种思想。

彼特拉克的重返古代有其政治和美学理由。他视罗马共和国为已然实现的理想政制的典范。他也对罗马文学啧啧称奇,因为它具有一种在当下时代无法企及的完美和接近绝对之美的程度。② 但是他也清楚,这两者都是无法复制的。如昔日西塞罗将希腊教化引入罗马并将其变为新的、罗马的事物,或者维吉尔用本国神话的诗歌蓝图与荷马一较高下那样,彼特拉克也要——如今

---

① Buck,《彼特拉克的人文主义》,页 12。
② W. von Leyden,《古代与权威:文艺复兴时期历史理论中的悖论》(Antiquity and Authority. A Paradox in the Renaissance Theory of History),载 *Journal of the History of Ideas*,19,1958,页 473—492,尤见页 477。

则从罗马出发放眼自己的当下时代——继续推进创造性接受的进程。①

他在两幅图画里描述了自己是如何设想将古代化为己有的。这两幅图画其一是父-子关系,其二是已广为人知的蜜蜂喻。他说,要对古人典范进行竞争性模仿的人应该注意,他所书写的只是相类似,而非相同的东西;应该是一种如父与子之间的相似性。② 个人性的事物或创造性成就——虽然有模范,但是必须对其改变,可能的话也应超越之——在这一比较中得到强调。并且蜜蜂——彼特拉克将该比喻用在诗歌上时如此解读——也不必夸口,如果它们无法把寻觅到的东西转变为不同的和更好的东西的话。③ 对于这种在原则上对自我创造性的高度评价,在中世纪几乎找不到相应的例子。④ 原创性概念对于中世纪而言是陌生的,因为一切都是被纳入逐渐阐明隐匿真理的集体进程中。偶尔由古代作家所暗示的个人-创

---

① Gmelin,《文艺复兴时期罗曼语文学中的模仿原则》,前揭,页 110 及以下。Rudolf Schottländer,《彼特拉克的泛拉丁主义》(Petrarcas universeller Latinismus),载 Fritz Schalk 编 *Petrarca*,Frankfurt 1975,页 255 及以下。
② Petrarca,《家书》(*Epistolae familiares*),卷 23,第 19 封。
③ Petrarca,同上,卷 1,第 8 封。
④ Stackelberg,前揭,页 283。

造性的 aemulatio,把新兴的文艺复兴人文主义同中世纪人文主义区分开来,后者只局限在对作家的研究。[72]布克在定义文艺复兴时期诗学学说时说,"模仿意味着凭借对榜样的掌握来实现诗性的个体:由 imitatio 到 aemulatio,隐含着僭越古代典范作家的企图"。① 直至 17 世纪晚期,彼特拉克的意大利语诗歌(《歌集》[Canzoniere])也成为全欧洲竞相模仿的对象。

在文艺复兴早期许多作者的表达里都能够找到一种历史变革时期典型的、值得注意的矛盾心理。萨鲁塔蒂(Coluccio Salutati,1331—1406)作为西塞罗《家书》(*Ad familiares*)的发现者,一方面激动地赞颂弗洛伦萨的三颗明珠但丁、薄伽丘和彼特拉克,因为他们是用方言创造了典范作品的启山林者,他在新拉丁文学中甚至将风格学家彼特拉克列于西塞罗之上;②而另一方面他又将同时代的人比作裁缝:"请相信我,我们并未构思出什么新鲜事物,我们像裁缝一样从古代丰富的碎

---

① August Buck,《文艺复兴时期和巴洛克时期的诗学》(Dichtungslehren der Renaissance und des Barocks),载氏编 *Renaissance und Barock I. Teil* (= *Neues Handuch der Literaturwissenschaft*),Frankfurt 1972,页 33。

② Gmelin,前揭,页 180。

布片里拼凑出件件长衫,我们却将它们当作新的展现出来"。① 当布鲁尼(Leonardo Bruni,约1370—1444)在早年想为友人萨鲁塔蒂作传时,几乎找不到什么素材堪与古代史家所占有的素材相提并论。他说,举目所见的只有侏儒(homunculi),即便同时代人在思想能力上不是侏儒,当下的时代也不能提供万世流芳所要求的素材。不过当他后来写《弗洛伦萨人物志》(*Historia Florentini populi*)时,却坚信弗洛伦萨在任何方面都不落后古代的壮举,人们在任何程度上都不输古代。城邦中得到强化的自信可与共和国拉丁语文学的典范相较高下,②而且人们甚至把作为活语言的民族语言置于古典语言之上。③

这些矛盾无法完全消除,尤其在论及混杂着

---

① Coluccio Salutati,《书信》(*Epistolario*. Ed. F. Novati, Rom 1891—1911),卷6,第4封。参,Buck,《中世纪和文艺复兴时期古今之争前史》,前揭,页535;以及氏著《文艺复兴时期罗曼语文学中对古代的接受》(*Die Rezeption der Antike in den romanischen Literaturen der Renaissance*. Berlin 1976),页229。

② Hans Baron,《古今之争作为文艺复兴时期学者的一个问题》(The Querelle of the Ancients and the Moderns as a Problem for Renaissance Scholarship),载 *Journal of the History of Ideas*, 20, 1959, 页3—22,尤见页17及以下。

③ Hans Baron,同上,页20。

[73]断念和扬眉吐气的当下时代时。因为人们的论述包含着不同的方面。① 人文主义者虽然期望古典古代在精神上的重生——常常是作为正统经院哲学的另类选择——,但他们同时又对身为新的、蓬勃发展的城邦、民族国家的一份子而骄傲,巴隆(Hans Baron)总结道:"因此,他们必须将自己劳作的成果视为是对古代方式和形式模仿之后所达到的结果,不过这些方式和形式是用不同的素材、针对当时的需求而呈现出来的,是为新的政治权力结构和新的民族文学服务的。"②

在彼特拉克看来,西塞罗是罗马共和国政治和文学-修辞学的典范代表。许多后人都赞同这一点,人们以西塞罗为标杆,并与他相提并论。即便人们认为自己所处的当下时代超越于罗马的往昔时,也不敢对这位伟大的风格家表示不敬。因为正统西塞罗主义者和新拉丁语学者在一点上是一致的:经院派的拉丁语对他们而言等同于野蛮风格。不过在如今应严格遵守西塞罗还是将语言看作历史现象这个问题上,双方相互牴牾。将二者区别开的标准则是对美的看法。对于一方而

---

① Elisabeth Gößmann,前揭,页 140。
② Hans Baron,前揭,页 17。

言,美是个静止的概念,是绝对之物,是在古代得到最佳的历史性实现的理念,后人唯一能做的就是模仿这个历史榜样。而另一方则认为,即便从柏拉图意义上美的本相出发,人们得出的只是类似于美的本相的进化进程——这种思想对于中世纪人而言也并不陌生;抛开神学的证明,人们对 imitatio 和 aemulatio 进行不断区分的尝试已经说明了这一点。不容忽视的是,中世纪时期虽然有天意论历史进程的说法,但是,[74]自然的原始启示意义上的真理在历史中方才逐渐地自我阐明,这种观点也是一种理所当然的思想财富。除此之外,当时的人们还会以其他方式接受亚里士多德并将他的哲学引入基督教思想吗?对中世纪而言,个体性和创造性个体都是陌生的概念。中世纪人描绘自己同往昔的关系时所使用的比喻,都有个集合的主体:个人是他所属的整个进程的一部分。在这一点上显示出中世纪同——人们出于被迫做出的时代分期——文艺复兴的区别。文艺复兴运动——简言之——恰恰就在对古代的追溯中重新发现了自我;然而,困难也由此产生,横亘在前的榜样为个体自我意识提供了和确实的自我感觉相一致的论据。榜样成了论据的绊脚石。

玻利齐亚诺(Angelo Poliziano,1454—1494)

在首次围绕重新发现的西塞罗之榜样性的大讨论中,致信他的对手科尔特希(Paolo Cortesi,1465—1510):"虽然我非西塞罗,但我相信能够表达自己。"因为在他看来,一味模仿而不有所创见的人是个不幸的人。① 身为科学家和诗人的玻利齐亚诺,给那个时代注入了新的动力:他将文字考订方法引入语文学。另外,他也是拉丁语和意大利语中大名鼎鼎的风格学家。他的戏剧《俄耳甫斯故事》(*Fabula d'Orfeo*)是第一部处理世俗题材并从中世纪神秘剧解放出来的意大利语作品。玻氏并不是批判西塞罗及其拉丁语,而是针对同时代人吹毛求疵的模仿。他将正统西塞罗主义者比作无法自我创造的八哥和喜鹊。他虽看重个人的风格,而与此同时并未抛弃传统的风格原则,不过在他看来这些原则必须在融合到民族语言的过程中继续发展,今天,[75]人们可能会说"创造性地接受"。只有如此,民族文学方能从古典文学的监护

---

① Angelus Politianus Paulo Cortesio,卷 8,Antwerpen,1567,页 239 及以下(转引自 Gmelin,前揭,页 182 及以下)。关于西塞罗的接受史概况可参 R. Sabbadini,《西塞罗主义史》(*Storia del Ciceronianismo*. Turin 1885);Th. Zielinski,《历史变迁中的西塞罗》(*Cicero im Wandel der Jahrhunderte*. Leipzig-Berlin 1908);W. Ruegg,《西塞罗与人文主义》(*Cicero und Humanismus*. Zürich 1966)。

下解放出来。相反,科尔特希为细腻地模仿古代榜样辩护,认为这可以保护语言免受野蛮的败坏;模仿不仅在修辞学,而且在其他所有艺术中都是必要的。如要获得颂扬,人们只有通过模仿和试图创造与榜样相似的作品。① 西塞罗主义者与其对手之间的论战由对 imitatio[模仿]概念的不同理解而触发,该论战不仅仅限于同时代的拉丁文学这个狭隘的领域,它也囊括了有关民族文学正当形式的讨论。西塞罗主义者严格遵守所选择的榜样西塞罗,并将其风格原则搬到方言中,而西塞罗主义语言纯净论者的对手再次拾起古代有关 imitatio 和 aemulatio 的讨论,他们援引昆体良——他可以说是以最全面的方式发展出一套竞争性模仿理论的作家,并称倘若局限于严格的模仿经典榜样中,人们几乎无法实现个体性成就的要求,因为,当下并不是对过往的再生产。因此,反西塞罗主义者并不提模仿,而只说对榜样的竞争性超越。

这场论战中,小米兰多拉(Giovanfrancesco Pico della Mirandola;译按,为乔万尼·米兰多拉之侄)与本波(Pietro Bembo,1470—1547)之间的

---

① 同上,前揭,页184。

通信《论模仿》(De imitatione, 1512/13)引起人们注意。小米兰多拉虽赞同柏拉图美之本相说,但他并不认为它永远无法超越地在任何某部作品或某个时代得到实现,相反,作为人类天生的能力,它不断以新的、不同的方式被呈现出来。在其折中的模仿概念上,小米兰多拉仍以古人为榜样,他认为,古人并不是盲从地拜倒在某些榜样面前,他们永远都以[76]传授和塑造的意图来进行选择,每个人遵循的都是自己的天资和兴趣。对他而言,最重要的证明便是西塞罗本人。① 小米兰多拉赋予自己时代的文学创作以独特和独立的价值,这种价值并不用证明是从悉心模仿古代作家得来的。他从自然中看到作品的创造性力量,它永不枯竭,或者说,它永不在历史的长河中衰竭:

---

① Giorgio Santangelo 编,《小米兰多拉与本波〈论模仿〉通信》(*Le Epistole De imitatione di Giovanfrancesco Pico della Mirandola e di Pietro Bembo*. Florenz 1954),页 27。参 Giacinto Margiotta,《"古今之争"的意大利来源》(*Le orgini italiane de la querelle des anciens et des modernes*. Rom 1953),页 97 及以下;August Buck,《意大利对文艺复兴和巴洛克的自我理解中的"古今之争"》(*Die „Querelle des Anciens et des Modernes" im italienischen Selbstverständnis der Renaissance und des Barocks*. Wiesbaden 1973),页 9 及以下。

你可以竞争性地模仿由他人传授的某些主题或者将其超越。你也可以将其更好地组织起来或书写更为华丽的篇章。因为自然绝非由于多次生产而泄气或衰竭的老妪,以至于它临到我们的时代,在多次生育之后变得衰老和倦怠。上帝也给我们的时代馈赠了精神力量。①

凭着对历史进步的信念或曰坚信精神-文化状况在根本上是重复性的,他敢于向卢克莱修的信条发出挑战,后者曾称,自然在历史进程中丧失了创造性的力量,因而,往昔总是高于当下,当下无法比及往昔:

在我看来,思想的程度与其说减少不如说是在增加,我们知晓许多,而且知晓许多对古代文人而言陌生的东西。②

本波尽管很友好地回应了对方,但态度颇为坚决。他说,经验告诉他,人们在世界上找不到什

---

① Giorgio Santangelo,同上,前揭,页31。
② Giorgio Santangelo,同上。

么新事物，曾几何时，一切都已被模范性地塑造出来。同时代的人谁若要做出壮举，就必须尽力模仿最伟大的榜样，他认为，这些榜样就是西塞罗的修辞学散文和维吉尔的英雄叙事诗。本波也将这一模仿原则应用于民族的文学语言。[①] 在《论方言散文写作》(*Prose della volgar lingua*, 1525)的论文中，他称彼特拉克的诗歌和薄伽丘的散文是[77]母语写作的新榜样。本波不承认任何一种语言的优势，他所做的区分不是在品质而只是在应用领域上；对他而言，一旦人们通过模仿伟大榜样掌握了诗学和修辞学的法则，高贵的艺术风格就会出现在两种语言中。他的模仿概念尽管在规范性特征上是纯粹的，但并非静止不变，榜样会发生变化，而民族语言会与拉丁语齐头并进，并且丝毫不逊色于后者。[②]

伊拉斯谟(1469—1536)在人文主义者的西塞罗主义论战中发出了新的声音。在《西塞罗主义或论最好的风格》(*Ciceronianus sive de optimo dicendi genere*)的讽刺对话中，他让一位名为诺梭伯努斯(Nosoponus, 意为"病苦的人")的吹毛求疵

---

① Giorgio Santangelo, 同上, 页 50、49、54、57。
② Margiotta, 前揭, 页 100。

的西塞罗主义者,和代表他本人的名为布勒福若斯(Bulephorus,意为"喜好建议的人")的谨小慎微者相互讨论如何正确理解模仿。这段讨论的新意在于,与其说伊拉斯谟关心的是至今仍主要在讨论的有关模仿的美学问题,不如说是道德问题。学究诺梭伯努斯所理解的模仿,是让自我个性拘泥于西塞罗这位伟大的模范。伊拉斯谟虽然讽刺地夸张西塞罗主义者纯净论的立场,但是他对该文大体所持的拒绝态度[1]则表明,他触及了这场论争的核心。布勒福若斯——即伊拉斯谟——并不拒斥模仿原则,但他将该原则放在了历史语境中。他认为,正确模仿西塞罗,意味着要像西塞罗自己理解并实践模仿那样去做。作为将希腊文化引入罗马的伟大引介者,西塞罗不只是单纯将希腊精神毫无创见地照搬到罗马,而是在吸收融合过程中使其适应了罗马独特的水土。人们必须从他的时代出发理解他的作品,他只是自己所处时代的代表。变迁的历史环境将我们与西塞罗阻隔开:

---

[1] Erasmus,《选集》(*Ausgewählte Schriften*. Ed. Werner Welzig, Darmstadt 1972),卷 7,Theresia Payr 导言,页 XLVIII。

[78]谁能大言不惭地要求我们,一言一语皆以西塞罗的表达为鹄的?谁若如此要求我们,那就让他先将曾经的罗马再现出来。……如今人类生活的整个环境发生了沧海桑田般的巨变,我们为了讲一种合乎时代状况的语言,难道不能讲一套完全不同于西塞罗的话语?……我眼光所及之处,都已不可同日而语,我站在完全不同的舞台之上,面对的是另一群观众,世界不同了。我应该如何做呢?我是基督徒,我必须在基督徒面前讨论基督教;云云。①

西塞罗并不是永恒的范例,历史车轮滚滚向前,基督教已然开创了新的世界;我们今天要表达的一切,在西塞罗那里都找不到语言上的对应物。伊拉斯谟在那群纯净论模仿者面前把西塞罗保护了起来。他认为,若要模仿西塞罗,就不应模仿他的语言,而应模仿他如何改变流传下来的事物,和使之适应时代并对其进行改造的方式:

那些身为基督徒而在基督徒面前如此谈

---

① Erasmus,同上,前揭,页134及以下。

论基督教的主题,就像西塞罗作为异教徒在异教徒面前谈论世俗主题的人,并非在谈论西塞罗的伟大,相反,那些如西塞罗如今若活在世上,作为基督徒对基督徒那样发言的人才是。……谁能做到这一点,才能站在我们面前,我们才会不加反驳地容忍他自称为西塞罗主义者。云云。①

伊拉斯谟对教条西塞罗主义的拒绝首先有其宗教和神学原因。他担心随着(不自然地)将古代思想语式一股脑地搬到基督教思想中,后者也会因此而被非基督教化。伊拉斯谟在这里为现代语言哲学开了思想先河,他认为思维是由语言机制预先构造、预先形成的:

我们在口头上认信耶稣,却心向朱庇特和罗穆路斯。因为,如果我们真的是[79]我们自诩的那样,那么,对于我们的思想和耳朵而言,除了耶稣之名之外,世上没有哪个词语更为可爱。云云。②

---

① Erasmus,同上,前揭,页 162 及以下。
② Erasmus,同上,页 170 及以下。

伊拉斯谟赞成一种历史-动态的模仿概念。人们不应在内容上模仿西塞罗;这样做之所以是非历史的,是因为人们在比较两种无法相提并论的历史阶段。我们更多地是要模仿西塞罗当下-历史的思维,类似地将其应用在我们的时代:"因为如果人们强迫用西塞罗的方式表达完全不同的素材,就意味着丢掉了所有与西塞罗相类似的东西"。① 模仿西塞罗就意味着要克服他:

> 只有如同西塞罗研习异教哲学那样潜心研习基督教哲学;如同西塞罗阅读诗人作品那样以同样的心意去接受诗篇和先知书;如同西塞罗对罗马、对各行省、对村政府、同盟国等等的法度和法则的认识那样,对使徒教令、基督教仪式以及基督教起源、发展和衰落有彻底认识;只有最终将所习得的知识应用在当下的事务中,才能名正言顺地使用西塞罗主义者这个名号。②

---

① Erasmus,同上,前揭,页182及以下。
② Erasmus,同上,页190及以下。

伊拉斯谟关心的不是赞成或反对西塞罗。对他而言,西塞罗主义之争只是一个契机,借此可以使人们重新认识到诗学-修辞学的 aptum［适宜］范畴。他所强调的并不是形式上的适宜,相反,他的问题更广泛地涉及语言的功能和语言行为等意义。对于他而言,aptum 不是可以通过规则确定的静态、不变的量。他认为,谁要谈论基督,就不能——许多人文主义者的确如此行事——在异教神话的框架内并借用其诗学手段去谈论,因为基督教现实性的语言并非异教古代的语言。这也是整个"对话"的要旨。伊拉斯谟甚至援引西塞罗,称他的写作并不是出于[80]对希腊往昔的回顾,而是因罗马的当下时代之故。通过将西塞罗的文学成就置于历史语境中,伊拉斯谟的大作成功地借西塞罗反驳了西塞罗主义者。

伊拉斯谟在西班牙人文主义者圈子中得到广泛认同。[①] 伊氏的模仿概念削弱了古代的权威,因而最早为人所接受。西班牙人比维斯(Juan Luis Vives,1492—1540)就认为,侏儒站在巨人

---

① Marcel Bataillon 所介绍的西班牙的 Erasmus 极为精彩,参氏著 *Erasme et L'Espagne*. Paris 1937。

肩上的比喻是错误的,因为我们大家的形象同样高大;①因此,任何时代都不比其他时代优越:人类发展的条件在任何时候都是也都曾是相同的。这一观点视人类的存在在根本上是相一致的,强化了理性即是批判能力的信念,这种能力在所有时代都潜在地存在。② 它不会在质量上发生改变,改变的只是经验财富随着各时代不断增长而变化的数量:

> 自然既非麻痹也非消耗殆尽,以至于它再也无法产出与早前相类似的事物。它永远都是相同的东西,与自己相类似,而且甚至凭借聚积起来的力量而变得更强更劲,就像人们如今不得不相信的那样:它的力量在

---

① Juan Luis Vives,《教程》(*De disciplini libri*)卷 20(伦敦 1964 年版重刻的是 *Opera omnia*, ed. G. Mayans, Valencia 1782—1790,卷 6,页 1—143,此处见 39)。文中引文转引自 Karl Kohut,《"古今智慧对比":西班牙人文主义中对古代传统的接受和批判》(Ingeniosa comparación entre lo antiguo y lo presente. Aufnahme und Kritik der antiken Tradition im spanischen Humanismus),载 K. Heitmann; E. Schroeder 编 *Renatae Litterae. August Buck zum 60. Geburtstag.* Frankfurt 1973,页 217—243。
② José Antonio Maravall,《西班牙文艺复兴时期进步论因素》(*Los factores de la idea de progreso en el Renacimiento español.* Madrid 1963),页 121。

几个世纪逐渐的增长中得以升涨并且巩固。①

因而,古代就不是规范性的权威,而只是人类理性和经验发挥进程中的一个阶段,当下比过去知道的多得多。科胡特(Karl Kohut)将比维斯为当代辩护的观点总结为 5 个要点:②1,因为人类天性并不完善,故而也不存在诸艺术的完善状态;2,历史并非循环式地往来于上升、鼎盛和衰败之间,而是进化式的,故而,超越业已达到的状态的进步在原则上是可能的;3,故而,那一原则就不是对古人的模仿,而应称作以超越古人为目标的竞争;4,只有当人们将自我的观察,即理性,[81]作为认识之源置于传统权威之上时,这种进步才有可能;5,不过,对自然的独立观察要求一种严谨的归纳方法,而不是中世纪的演绎方法。经验应该取代冥想。

德意志宗教改革者赋予了好古-崇今者(antiqui-moderni)这对概念以独特的诠释。路德(1483—1546)难掩对古代作家在美学和道德教诲

---

① Juan Luis Vives,前揭,卷 6,6。
② Karl Kohut,前揭,页 229 及以下。

的榜样性方面的溢美之词,比如荷马、维吉尔、西塞罗、伊索以及特仑茨等人有益的学说并不与圣经相矛盾。很可能是为了驳斥经院亚里士多德主义,路德只对亚里士多德有极大的保留,他甚至称其为骗子。直到后来,即早期的几次宗教战争之后,路德对这位斯塔基拉人的评断方显温和。①他同古代的关系是出于实际考虑的:对信仰和宗教改革的立场有利的,他便热情欢迎;与基督教学说相悖的,他便弃如弊履。梅兰希顿(1497—1560)在维滕堡大学的就职演讲中(1518)强调了古代学问对人文主义教化理想的意义,他认为人们可以在古人作品中找到大量有关自然的知识。除了异教作家在美学上的榜样性之外,他也尤其看重他们高尚的德性。在他看来,阅读古人作品是理解圣经的必要入门手段:"当我们接近源头时,我们才开始理解基督。"②这个回到源头的号召有着迫切的新意。1515年,《蒙昧者通信录》第一部分出版,第二部分随后出版于1517年。这些

---

① Gyula Alpár,《1750年前德语文学中的古今之争》(*Der Streit der Alten und Modernen in der deutschen Literatur bis um 1750*. Budapest 1939),页16及以下。
② Melanchton,《论大学学习的改良》(*De corrigendis adulescentiae studiis* = Werke, Gütersloh 1961, Band III),页40。

通信是反驳后经院主义科学和神学的人文主义讽刺作品。① 它的直接导火索是所谓的科隆犹太卷宗之争。《通信录》作品的作者有埃尔福特人文主义者鲁比安(Crotus Rubeanus,约 1480—1539)和胡滕的乌李希(Ulrich von Hutten,1488—1523),二人在论争中都支持罗伊希林(Reuchlin,1455—1522),凭借虚构的通信,他们[82]一则意图打击在犹太问题中拒斥包容态度的对手,再则希望将整个后经院主义的学院活动漫画化。虚构的通信者暗指的就是经院人士,他们斥责使用新拉丁文的新派人士(novi;moderni),并且反对蔑视古代书籍、只钟意阅读维吉尔和西塞罗的人文主义者。② 他们所说的古书指的是中世纪盛期的经院哲学作品。因而,这种局面表明,蒙昧者,即好古者(anqtiqui)依据的是中世纪的拉丁文本,而人文主义者,即新派人士(novi;moderni)则倾向于古代和基督教早期的作品。在这里,好古者与崇今

---

① Richard Newald,《德意志人文主义的问题和形式》(*Probleme und Gestalten des deutschen Humanismus*. Berlin 1963),页 304。
② Karl-Heinz Gerschmann,《蒙昧者通信录中的"antiqui-novi-moderni"》("Antiqui-novi-moderni" in den *Epistolae obscurorum virorum*),载 *Archiv für Begriffsgeschichte* XI,1967,页 23—36,尤见页 304。

者关系讽刺性地颠倒,有其神学背景。表面上来看,人们似乎是争论在大学里应该教授古典拉丁文抑或经院派的教会拉丁文,以人文主义者姿态示人的改革神学家认为基督教学说被经院神学给败坏了,若要重拾古老、真正的神学,人们就必须——如梅兰希顿所说的——回到源头,回溯早期教父及其语言的榜样:

> 因而,他们是逐渐完成的宗教改革的拥趸,对立在他们那里得到统一:对经典、"异教"作家的阅读——在这些作品中可以看到的是古老和令人肃然起敬的品质——是革新后真正神学的前提,权威在这里遭到圣言和教父的抵制。①

在这场对真正的神学和正确的信仰实践的论争中,双方阵营都以一个榜样性的古老事物为依据:好古者选择中世纪经院派,崇今者选择早期基督教教父学。对大公教会的反抗并非直到宗教改革时期才形成,这种讨论可以上溯至中世纪。帕多瓦的马西利乌斯(Marsilius von Padua,约

---

① Gerschmann,同上,页36。„"

1280—1343)在[83]《和平的捍卫者》(*Defensor Pacis*)将世俗化了的罗马教廷与原始教会的理想对立起来。在他看来,教会的世俗化①过程是从君士坦丁大帝时期开始的,当时,教会的唯穷和唯灵原则被放弃,教会的显贵渐渐成为世俗领主:

> 如今罗马教会的牧者太不关心他们的主业,去增强人们的信仰并坚固统一性。他们刺激基督徒兄弟阋墙和兵戎相见,以便由此更为稳固地但同时也不义地对其进行世俗统治。②

因受神秘主义影响,中世纪末期市民虔敬运动大量涌现,比如共同生活兄弟会,它们以原始教会为宗旨争取对教会的革新。这种新虔敬(devotio moderna)为宗教改革思想开了先河,它主要由普通教徒和城市市民所组成。不同于旧虔敬(de-

---

① 译按,关于"世俗化"问题,可参 Hermann Lübbe,《世俗化:一个理念政治概念史》(*Säkularisierung. Geschichte eines ideenpolitischen Begriffs*. Verlag Karl Aber, Freiburg; München 1975)。
② Marsilius von Padua,《和平的保卫者》(*Defensor Pacis*. Ed. C. W. Previte-Orton, Cambridge 1928),卷 2,22 章,15 节。

votio antiqua),即经院僧侣的虔敬,它寻求实现个人和无需中介的基督教,而这种宗教与市民社会经验的实践不相矛盾。①

虽然权威概念在这一神学论争中仍发挥着影响——变化的只是人们所依据的作家(auctores)——但它在"世俗"讨论中逐渐被作为判断力的理性所替代。人们在所谓的机械艺术中取得的进步——而此前它在博雅教育学习框架之中受到忽视——在自然科学领域中的发现以及由此而获得的愈来愈重要的经验归纳法等等,都使得当下与古代和中世纪冥想性的世界系统之间的矛盾越来越明显。将认知性自我之好奇②置于一切对权威的信赖之上的达·芬奇(Leonardo da Vinci,1452—1519)认为,人文主义方法[84]与自然研究格格不入。他挖苦人文主义者是书呆子,他们只从阐释传统中获得知识。布克这样总结道,达·芬奇将人文主义者——即无创造力的模仿者——与自然研究者和发明者对立起来,身为自然和人类使者的后

---

① A. Hyma,《基督教的文艺复兴》(*The Christian Renaissance. A History of the „Devotio Moderna". Hamden, Connecticut* ²1965)。

② Hans Blumenberg,《现代的正当性》(*Die Legitimität der Neuzeit*. Frankfurt 1966),页 361 及以下。

者,会不断利用新知识去丰富人类的生活。达·芬奇坚信,真理是时间的女儿。对近代早期意图摆脱亚里士多德的自然科学而言,这一形象的比喻成为几乎理所当然的格言。知识的进程——并非通过释解传统权威,而是通过源自实践的经验——一直高歌迈向无限。人们随后从科学知识的无限进步中,也得出了今人优胜于古人的结论。[①] 亚里士多德和古代理论家都不再是颠扑不破的权威,人们在亚里士多德的理论中发现了谬误和矛盾。

哥白尼(Nikolaus Kopernikus, 1473—1543)尽管在表述和建立日心说上有着革命性的成就,但是他部分程度上仍仰赖着亚里士多德的权威——与其说是为自己的学说进行辩护,毋宁说是免于遭受来自各方的批评。而那些进一步扩充了该学说的后来者,则视经验理性和科学好奇心的逻辑优越于传统的权威。[②] 同时代的人自视为自己的权威,或确切地说:他们自己的经验比过去的经验优越。布鲁诺(Giordano Bruno, 1548—1600)称其同时代人

[①] Buck,《中世纪和文艺复兴时期古今之争前史》,前揭,页534 及以下。详见 Margiotta,前揭,页110 及以下。

[②] Edgar Zilsel,《现代科学的社会源头》(*Die sozialen Ursprünge der neuzeitlichen Wissenschaft*. Hrsg. von Wolfgang Krohn. Frankfurt 1976),页151—156。

为真正的古人,因为他们通过当时知识的发展所知晓的要远多于前人:"我们是更年长的,有着比我们先人更高的年岁。……没有什么新的事物不会变老;没有什么事物未新便老。"①这种表达是对巨人肩上的侏儒这幅图画的全新理解。中世纪借此比喻表达的只是对文本晦涩意义的逐渐澄清,[85]是对启示真理的深化,而非对新的真理的进步性认识,而 veritas filia temporis[真理是时间的女儿]这样的各样则恰恰体现出的是人们对历史进程中知识永久进步的信仰。于是,知识的扩展潜在地不再受限制;培根(1561—1626)说,只有对科学好奇心的放弃才会阻滞知识的拓展:

> 尊崇那些被人们奉为重要哲人的古物和权威,反过来会阻碍人们在科学上的进步,并使其几近于陶醉。……人们称真理为时间之女,而非权威之女,是颇为正确的。②

---

① Giordano Bruno,《圣灰星期三餐礼》(*La Cena de le Ceneri I*[Opere, edd. A. Guzzo; R. Amerio, Mailand-Neapel 1956]),页 203 及以下。
② Francis Bacon,《新工具》(*Novum Organum*[The Works of Francis Bacon, ed. Spedding u. a., London 1857ff., Bd. I, S. 190f.; Nachdruck Stuttgart 1963]),卷 1,84 节。[译注]中译参《新工具》,许宝骙译,商务印书馆,1986,页 61—62。

由于科学知识的不断增长,当下的世纪因而是世界之更为成熟的阶段;而古代则是青年早期。① 培根并非要借用不同年龄的图画来表达历史诸时期是在盛放-顶峰-衰败的更替中循环式重复的——人文主义的循环论恰恰与他认为认识是进步的可完善性这样的观点相悖——,相反,他是在布鲁诺的意义上使用此图画的:一切新事物都会变老,而此脉络没有终结。② 伽利略(Galileo Galilei, 1564—1642)如是说:如同个人在生命的过程中会变得愈发聪明,而且判断力会愈发成熟,那么,整个人类的知识财富在历史中也在不断增加;一切最新的知识永远都是较好的。③ 当然,他还有其他许多名言睿语。经验凌驾于权威之上,思考的主体成为决定性的判断者。古今之争的崇今派后来以笛卡尔(Descartes, 1596—1650)哲学为根据,将自然科学的进步乐观主义也应用在诗歌创作方面。于是,古代的崇拜者与蔑视者之间

---

① Francis Bacon,《论科学的分类》(*De Augmentis Scientiarum I*),同上,页 458。亦参 J. W. H. Atkins,《英语文学批评》(*English Literary criticism: The Renascene*. London 1947),页 267。
② Baron,前揭,页 7。
③ Galileo Galilei,《残稿》(*Frammenti*), VIII, 640(转引自 Margiotta,前揭,页 147)。

的真正论战才最终得以引燃。

与机械性艺术在蓬勃发展的城市中不断增长获得愈发重要的意义相反,[86]在封建制到早期资本主义秩序过渡期间手工经验的影响下,模仿古人(imitatio verterum)的思想——作为评判当下的品质标准——却在日渐式微。古人的榜样性,如果说还有人承认的话,仅限于十分宽泛的概念如德性(virtus)和博学(eruditio)。不过,这一榜样性并不是一种让人感到有必要服从的,而是意欲与之一较高下甚或迎头超越的。或者,有人(比如彼特拉克)将共和制社会秩序的理念映照在往昔时代,它是当下时代榜样性的前形式。从根本上来看,人们根据自己当下的图景来形塑过去:无论是认为自身之于往昔是优越的,或是认为未来现实的愿景业已在其中实现。文艺复兴时期人文主义者的讨论仅涵盖了十分狭窄的对比领域,从当时的课程计划来看,只涉及三艺领域。基于文学实践,人们早已不再讨论有关各民族语言的平等性问题。详细而言,文艺复兴时期人文主义者关心的并非是复兴古代,而是以古代精神革新当下时代——就像他们所给出的理由那样。人们必须谨慎区分形式-美学上的人文主义(它反对黑暗中世纪中对文艺的污染[corruptio artium])和伦理-道德性的人文主义(它意欲凭借古人来重新恢复古典德性[virtus]),不过两者在人文主义史上很难得到严格区分。阿科尔蒂(Benedotto Accolti)在对话作品《论时代之卓越成就》(*De praestantia virorum sui aevi*,约 1460)中追问,"有名闻的古人是在德性还是有关那种使人成为自由人的艺术知识上超越了我们或我们的先人"。① 他给出的答案虽然对古人的成就不无崇敬——尤其是对其战争术——但结果仍偏袒着当下时代。但丁和彼特拉克在他看来是与维吉尔和荷马并驾齐驱的。宗教因素在阿科尔蒂这里也对这种优越性起着关键的影响:[87]古人没有与伟大的改革圣徒(他举的例子是方济各和多明我)相提并论的人物。②

权衡地对比古人与今人,在 16、17 世纪直到佩罗的《对比》都一直是古今之争的文学范式,论战双方在这种对比中都详细地表达自己的立场,并且对比多以对话形式进行。各个历史时期的诸多对比都认为,人类生存的环境一直都是相同的,而且人的本性并不发生改变。进化不是被视为质

---

① 转引自 Margiotta,前揭,页 73。
② 同上,页 75。

的变化,而只是量上的扩展。

比利亚隆(Cristóbal de Villalón, 1505—1581)在其《古今智慧对比》(Ingeniosa comparación entre lo antiguo y lo presente)中把对古代和对现代的褒奖对立起来。古代之所以具有优越性,对古代的颂扬者提到四个原因,科胡特将其总结如下[①]:1. 星相的排布变得对现代不利;2. 自然的老化;3. 大学的校长们未能起任贤能执掌教授职位;4. 不再有可以与古代智慧者相提并论的人。总而言之,该论点就是世界不断老化的文化衰败论,该观点认为这个世界不再能产生新的事物。持有进化观点的比利亚隆与好古者的文化悲观论针锋相对,他称,人类在历史进程中将自身从粗鲁和无教养的源头解放了出来:

> 因而,我们可以认为,与古人相比,那些献身于科学研究的同侪们在这方面能更加完善地施展能力,也就是说就他们如今在努力和对科学的好奇心上都远胜于古人而言。[②]

---

① Kohut,前揭,页220及以下。
② 同上,页221。

科胡特强调说：

  相较于为古代辩护的实例，作者对现代之优越性实例的列举，在形象上都有一定的变化：只草草提及医学、法学和[88]神学，而更多地提到工业、贸易、印刷以及（极少地[提及]）文学：即便未明确地表达，其中也已经记录了时代的变迁；与第一部分相对应，也提到了机械艺术（artes machanicae），生活方式和生活艺术，以及勇气和战术。该作品最后以明显宣称现代具有优越性收尾。①

  比利亚隆的"比较"作品首次在如此广泛的程度上系统地权衡对比了古代和现代。② 如果不算阿科尔蒂的早期尝试，比利亚隆这部作品也成为后世"对比"作品的基本范式。它尤其影响了塔索尼（Alessandro Tassoni, 1565—1635）的《遐思》（*Pensieri diversi*），而后者又影响了法国论争时期的讨论。进化的原则不仅决定了古代和现代的对

---

① 同上，前揭，页 221。
② José Antonio Maravall,《古与今：社会发展初期的进步论》（*Antiguos y modernos. La idea de progreso en el desarrollo inicial de una sociedad*. Madrid 1966），页 594 及以下。

比,随后也被运用于各国不同时期文学的比较,特别是当那里出现了规则上的凝滞趋势时——尤其表现在彼特拉克主义中。

坚信现代人通过在道德上的改善和知识上的增长(特别在机械艺术中)而会比古人优越——这种信念并不只是来自永恒进化的观念,它同时也是民族自信的结果——的信念,也削弱了古典语言的规范性特征。人文主义者承认,在拉丁语文学传统之外,各国语言本身也有自己的传统。有论者对民族文学未达到古代典范的伟大性持怀疑态度,不过,该观点被如下观点所驳倒,即二者都服从于相同的诗学规则,这些规则对于古代也具有决定意义。变化的并非品质,而是媒介改变了。斯佩鲁尼(Sperone Speroni,1500—1588)在语言对比作品《论语言》(*Dialogo delle lingue*)中声称,古典语言是麻烦的赘物,因为作为已死的、被人为地在生活中保存下来的[89]语言,它们不再能胜任当下时代的要求。与其他事物一样,语言也得服从易逝性的法则。因而,当代人最好是将时间用在自己的创造性努力中,而不是花在古典语言的学习上。如果说今人以前在某些方面之所以落后于古人,那也是因为他们把最好的创造力浪费在对古典语言的研习上,当下时代也会产生它们的柏拉图和亚里士多德,而且是用与自身相宜的语言。① 法国的贝雷(Joachim Du Bellay,1522—1560)接受了斯佩鲁尼的论点,他的《为法语的辩护并对其颂扬》(*La Défense et illustration de la langue française*)是龙萨(Pierre de Ronsard,1524—1585)的《法语诗学概要》(*Abrégé de l'art poétique françois*)之外,"七星社"(La Pléiade)影响最大的诗学纲领。他认为,古人流传下来的诗学和修辞学法则虽然仍有效力,但正如自然本身的革故鼎新,艺术也应以常新的语言形式表现自身。②

由于双方都在不同层面自说自话,传统论者与现代论者(进步论者)之间的对话变得日益困难。③ 在论证现代的优越性时,现代论者只在附录中提到文学。他们从机械性艺术毫无疑问的进

---

① Baron,前揭,页 20 及以下。Margiotta,前揭,页 102 及以下。
② Hubert Gillot,《法兰西的古今之争》(*La querelle des anciens et des modernes en France. De la "Défense et illustration de la langue française" aux "Parallèles des anciens et des modernes"*. Nancy 1914[Nachdruck 1968]),页 45 及以下。
③ Ronald Crane,《古今之争及其后果》(The Querrel of the Ancients and Moderns and Its Consequences),见氏著 *The Idea of the Humanities I*, Chicago-London 1967,页 72—89,尤见页 73。

六、文艺复兴时期至17世纪末

步中类推得出艺术(特别是在文学)也同样在发展。人们并不否认自然科学在认识上的不断增长,他们也意图将这一点应用在艺术领域。就传统论者而言,他们并非对历史变迁或发展视而不见,他们只是在论证中区分了自然科学和艺术,因为人们不能用相同的准绳或根据相同的标准来评判二者。传统论者在诗学讨论中区分诗学结构的常量和它们各自的历史形式。斯卡里格(Julius Caesar Scaliger, 1484—1558)——其诗学论述[90]《诗学·七论》(*Poetices Libri Septem*)作为一种诗学规范曾被德、法古典主义视为准绳——在定义诗歌功能时虽然从亚里士多德的模仿理论出发,但是在一些关键方面却对其作出改变,比如对戏剧性格塑造的评论上。他的拉丁文学史概要一直讲到彼特拉克及其同时代的文学理论家,当然,他也强调诗歌的历史要素。不过,与现代论者不同的是他坚持如下观点,即文学和修辞范式(题材[inventio]、布局[dispositio]、章法[elocutio])的诗学条件,与人类的天性一样都是恒量,因而,任何诗歌作品都可以回溯到范式性的原型,从这些原型中人们又可以得到普遍的创作法则。此系统中的变量是内容,而不是诗学结构。

当回溯原型只停留在形式上,并未顾及修辞

标准——即不同类型的诗歌都以特定的效果（movere）为目标——时，那么它就很容易导致教条和凝滞，就如学院派的状况。① 戏剧三一论的基本原则（时间、地点、情节）在亚里士多德那里只是被顺带提及，而在奥比纳克神父（François D'Aubignac, 1604—1676；译按，在莱辛《汉堡剧评》第 44 篇亦译为海德伦）影响了法国戏剧整整一个时代的《戏剧实践》（*Pratique du Théâtre*）中却得到过分拘泥的阐释。

若人们在其中还只是关心诗学立场，那么传统论者与进步论者之间的论战在 17 世纪末期所谓的古今之争中还不会如此激烈。对立双方——传统论者布瓦洛（Nicolas Boileau-Despréaux, 1636—1711）和进步论的代言人佩罗（Charles Perrault, 1628—1703）——同时也是法国市民阶级不同派别的代表人物，科尔图姆（Hans Kortum）在晚近更为详细地讨论了[91]古今之争的这一政治角度。笔者兹将其总结如下：

> 佩罗与布瓦洛之间围绕古代之榜样的冲突，被证明是路易十四时期法国市民阶级两

---

① Gillot, 前揭, 页 185。

个派别之间关于当时文化取向的斗争。若说佩罗的世界观形成于如下市民阶层之内的话,作为绝对王政的统治政策的获益者,这些阶层与金融家一样致力于掌握有教养的官廷贵族的社会礼俗,他们从妇女在社会生活不断增长的影响中窥探出进步的标志,或者作为现代自然科学以及为官廷显贵服务的造型艺术和建筑的代表人物他们享受到了相对阔绰的国家资助,那么,布瓦洛的世界图景则决定性地受市民-等级的对立所决定,该对立无论在绝对君主制内政外交的成果还是在君主制土壤中生长起来的文化中都看不到历史的进步,它用关照希腊古风时期、罗马共和主义传统以及奥古斯丁-延森派神学的原则来反抗现代论者的文化乐观主义。①

人文主义-共和主义取向的市民阶级针对中央集权的个人绝对王政的保留态度,并没有大张

---

① Hans Kortum,《佩罗与布瓦洛:法兰西古典文学中的古典论争》(*Charles Perrault und Nicolas Boileau. Der Antike-Streit im Zeitalter der klassischen französischen Literatur*. Berlin 1966),页 14,作者在作品中提及前人 Antoine Adam 的奠基性作品 *Histoire de la Littérature Française au XVIIe siècle*. Paris 1949—1956, Bd. V,页 88 及以下。

旗鼓地显露出来,而且保守势力对于国家权力也是忠诚无贰的;科尔图姆的论点——得到克劳斯的强烈支持——的确能自圆其说。克劳斯写道:"市民阶级得到两个阵营中最为优秀的势力的支持。市民阶级在绝对王政中既认识到自己的创造性,也认识到自己无奈的后果。因此,赞成与否定、乐观的进步论与谨慎责难的悲观主义保持了平衡。"①该论争间接地在好古者与崇今者之间这一古老论争的层面上展开。

1697年1月27日,[92]是这个潜在的政治性论争的大日子。法兰西科学院在这一天举行了一次特别会议,此时正值国王大病初愈,恢复得极好,各院士在会上诵读了精心准备的颂词,其中也有佩罗的一首"路易大帝时代"(*Le siecle de Louis le Grande*)。当时与1683年去世的院长科尔贝关系颇为密切的佩罗,将路易十四治下的时代与奥古斯都时代相提并论。尽管对古人的伟大不吝溢美之词,但是,在佩罗看来,通过科学和艺术上的

---

① Werner Krauss,《好古者与崇今者的论争以及历史性世界图景的产生》(Der Streit der Altertumsfreunde mit den Anhängern der Moderne und die Entstehung des geschichtlichen Weltbildes),见 Krauss/Kortum 编 *Antike und Moderne in der Literaturdiskussion des 18. Jahrhunderts*. Berlin 1966,页 XXXV 及以下。

进步，当下时代会超越古代榜样。此对比中重要的前提是，"古人和我们"都一样，二者都可以在经世不变的人类形象的背景下得到评判。① 虽然这篇颂词并未摆脱惯见的颂扬体条框，但是它令好古者备受侮辱。布瓦洛斥责这个关于古代的总结性陈词和对伟大榜样的误读为毫无品味和无知。拉辛则语带反讽地称其为异想天开而且其悖谬并不值得严肃对待。② 这次会议虽不是布瓦洛和佩罗之间的首次冲突——二人是崇古派和崇今派最为著名的代表——，但这次事件之后双方的对立持续升级。

自里戈的研究作品发表以来，人们对所谓的古今之争过程的论述愈发详尽。③ 故而，眼前这部简论只须提及几个并非唯独只对法国的论战才

---

① Charles Perrault,《路易十四大帝时代》(*Le siècle de Louis le Grand*),诗行 1—6;见 Perrault,《古今对比》(*Parallèle des Anciens et des Modernes*. München 1964),页 165。
② Kortum,前揭,页 25 及以下。
③ H. Rigault,《古今之争史》(*Histoire de la Querelle des Anciens et des Modernes*. Paris 1856);Gillot,前揭(1914);Adam,前揭(1949—1956);Hans Robert Jauß,《"古今之争"中的美学规范和历史反思》(Ästhetische Normen und geschichtliche Reflexion in der 'Querelle des Anciens et des Modernes'),见氏编 *Ch. Perrault, Parallèles des Anciens et des Modernes*, München 1964),"导言",页 8—64;Kortum,前揭。

具有意义的关键点。佩罗的路易十四颂诗是以对比(Parallele)的形式写成的,诗歌开首所持的论点是,诗人本人所处的时代与过去的罗马时代可并驾齐驱,甚或已然胜过后者。继而,他尝试用艺术和科学中的实例来进行佐证。[93]后来,佩罗之所以将此对比扩充为系统的(四卷五种对话集)《古今对比》(*Parallele des Anciens et des Modernes*, 1688—1697),主要是为了反击崇古派的愤怒并为自己在传统派人士的批评面前为自己辩护。①

尽管很早就已经有类似的比较对比作品(如Villalon的作品),但它们并未涉及如此广泛的艺术和科学领域。这些对比作品的共通之处在于旗帜鲜明地为当下时代高唱赞歌。国族国家在政治和文化上的发展增强了时人的自信心。新派哲学(如笛卡尔)以理性(ratio)为武器质疑古人的权威。自然科学和机械艺术取得的长足进步,为人们呈现出诸多前所未知的征服自然的可能性。

因而,进步被看作人类发展的决定性行为法则。后人以前人所取得的成就为基础,因而能够将这些成就提升到当代人们意识的

---

① 参 Hans Robert Jauß 编,慕尼黑重印本,1964。

六、文艺复兴时期至17世纪末

高度,所以通过不仅同时代而且代代相传的人类团结性,(与个人有限性相矛盾的)在思想上克服并在实践上征服自然的任务便可迎刃而解。这种思想很快广为接受。①

借助笛卡尔曾暗示的这种人类不朽的思想,帕斯卡(1623—1662)转述了众所周知的定律,即古人处于人类发展的开端,而时人凭借当下知识的增长才算是真正的古人:古代是年轻的世界(培根,Antiquitas saeculi juventus mundi)。尤其是自然科学中的进步似乎印证了这一点。进化性进步的观念基于这样一种设想:人类的根本本性是亘古不变的。② "古今之争"中的崇今派不断重复这一思想,这也促使他们比照各个历史时期:无论对于今人还是古人,人类形象都是相同的。③ [94]

---

① Kortum,前揭,页34。
② Kortum,同上,页25。
③ 译按,2000年前后德语世界关于"人类形象"的一次讨论可以说再次唤醒了"古今之争"这个主题,可参 Gerd-Henkel 基金会主持的系列报告,如 Ludwig Siep,《伦理学与人类形象》(*Ethik und Menschenbild*. 1999), Hans Belting,《人类形象与身体形象》(*Menschenbild und Körperbild*. 2000), Hans Maier,《老亚当-新人类?——论20世纪政治中的人类形象》(*Alter Adam-Neuer Mensch? -Menschenbilder in der Politik des 20. Jahrhunderts*. 2001),(转下页注)

这些比照的参照点如恒定、不变的量和绝对理念，都被人们拿来测度各个历史发展中的完善程度。好古者与崇今者的区分仅在于，前者认为古人的成就业已达到至高的完善程度（Grad der Perfektion），后者则坚称时间会带来逐渐的完善（allmähliche Vervollkommnung）法则。① 虽然好古者也承认自然科学新近取得的发展，但是他们主要指的只是一般的文学和艺术，而他们的对手则要将可完善性（Perfektibilität）概念应用于所有的领域，他们在类比中将通过自然科学获得的知识推及具有类似进程的艺术领域。

佩罗《对比》中的对话者为院长（好古者的发言人），神父（进步论者的代表），以及不时以常识（bons sens）论据襄助神父的骑士。在第一个对话中，三人以当时众所周知的观点为论据展开论争，双方都以此来为自己的立场辩护。院长声言，古

（接上页注）Renate Mayntz，《社会学中的人类形象》(*Das Menschenbild in der Soziologie*. 2001)，Ernst-Wolfgang Böcken-förde，《论法中人类形象的变迁》(*Vom Wandel des Menschenbildes im Recht*. 2001)，Wolfgang Frühwald，《"后人道荒原边缘的哀伤"——论现代文学中人的形象》(„*Die Trübsal am Rande der posthumanen Wüsten* "-*Zum Menschenbild in der modernen Literatur*. 2001)等等。

① Kortum，同上，页94。

代与现代的关系大可用师生关系作比。① 骑士反对说,此关系正好相反:当下人因为知识的增多反而是真正的古人。② 神父虽则承认历史上无知和野蛮的时代层出不穷,③但是在今时今日的和平时代,科学与艺术日新月异,并且都达到了更高的完善程度。④ 即便"古人曾是首创者"这样的美名也只是言过其实,因为他们的发明仅仅遵循的是自然需求,是他们师取自然的结果,而现代人的发明却是天才沉思的结果。⑤ 若要取得进步,不能只是一味抱守古人的功业并以其为[95]权威,而应该相信直接的自然经验⑥和理性法则⑦。在神父看来,这两者在他的时代已然实现,这也是他最重要的论据:这两者证明了当下时代相对于古代的优越性。他称,今人在所有艺术和科学中都已取得更高程度的完善(Vollkommenheit),对此,他给出了详细的例证,⑧并邀请院长进行进一步的

---

① Charles Perrault,《对比》,前揭,卷1,页111。
② Charles Perrault,同上,卷1,页113。
③ Charles Perrault,同上,卷1,页114。
④ Charles Perrault,同上,卷1,页116。
⑤ Charles Perrault,同上,卷1,页119及以下。
⑥ Charles Perrault,同上,卷1,页125。
⑦ Charles Perrault,同上,卷1,页124。
⑧ Charles Perrault,同上,卷1,页127。

深入谈话。在第二轮对话中他们谈及建筑、雕刻、绘画,在第三轮则谈及修辞术,第四轮谈及诗歌,最后主要论及了自然科学诸学科,并谈到哲学和音乐。

第三轮对话一开始,院长试图做出让步,以使双方达成一致。他说,必须对手工艺术和心灵艺术进行区分,据说给出的理由是人们可以从手工艺术史中观察到完善的过程,在这一点上他赞同神父的看法。但至于心灵艺术(修辞与诗歌),他不能妄下结论,因为它们并不是由长期观察和经验所决定的,它们要求的是思想、天才以及自然天资的幸运组合,比如亚历山大时代有其德摩斯梯尼,而奥古斯都时代也有其西塞罗。① 依据这样的理由,院长细化了神父虽不乐意但却已经作出的划分。神父一方面试图描绘科学和艺术中不可逆转的渐进的完善进程,另一方面,他在对比奥古斯都和路易十四两个时代时,暗示出历史中文化高峰存在潜在的循环式反复。在此对话中,神父虽然仍相信,院长口中的"心灵"艺术也能够置于可完善性法则下考量——如同古代以降,天文学和解剖学[96]尽管取得稳固的基本

---

① Charles Perrault,同上,前揭,卷 2,页 180;页 187。

知识储备但仍被不断细化,因而随着历史进步人们也会进一步深入到道德-心灵事物的领域——,①而且他的所有论据和举证都朝着这个取向,但是在第五轮对话接近尾声时他却——以迅雷不及掩耳之势——倾向于前面提到的妥协,然而不忘说一句"为了可爱的和平之故"(此语意指由阿尔诺出面对佩罗与布瓦洛进行的官方调解②):他说,除了修辞与诗歌,今人在所有艺术和科学上远超于古人,虽然无法知晓为何要将此二者排除在外,但是他宁愿将此问题悬置起来。③

而实际上,这种转变并非如此迅急,我们可以从《对比》的成文史和起先方案的数易其稿中一目了然:第一卷和第四卷的出版时间相隔9年之久。耀斯在《对比》一书影印版导言中详细探讨了对立双方相互接近的过程以及其他诸多原因。佩罗试图在《对比》中找到一种表达,以期"科学中不可逆转的进步进程与各门艺术迥异的循环式发展"在其中取得一致。④ 不过,尽管勉勉强强,但他不得

---

① Charles Perrault,同上,卷2,页187。
② Rigault,前揭,页274及以下。
③ Charles Perrault,同上,卷4,页445。
④ Hans Robert Jauß,导言,页43。

不认识到,艺术和科学同人类历史的进步有着各自独特的关联。[1] 在耀斯看来:

> 在整部《对比》中,这一认识过程的经过表现在一系列分离(Scheidungen)中,通过这些分离,作为古典美学、人文主义历史图景以及笛卡尔进步观念共同前提的完美理念(Perfektionsideal)日趋成熟:人们在艺术中区分 ouvirier[创造者]和 ouvrage[作品],天才的不可模仿性和天才作品的时代性,并使作为更高动机的 inventio[创造]统领 imitatio naturae[模仿自然]原则,使 beau relatif[相对的美]概念与自在且完善的美之理念相对立,并从人类不变的本性中析取出作为非永恒性领域的道德,该领域随历史变迁而共生共灭,因而也无法再根据 bon goût[好趣味]的一般准则去理解它。[2]

佩罗虽然——就如他之前的圣索兰(Jean Desmarets de Saint-Sorlin,1595—1676),此人要求

---

[1] 同上,前揭,页44。
[2] 同上,页47。

佩罗在他的位置上继续今人派的事业,并得到了丰特奈尔(Bernard de Bovier de Fontenelle,1657—1757,著有《有关古人与今人的离题话》[*Digression sur les Anciens et les Modernes*, 1688])的援助——仍固守着绝对之美的理念,但与崇古派一样,他并不视古代文学作品的这一观念是万世皆准的,相反,在他看来,根据古人与今人在天性上相同这一定律(这也是丰特奈尔所依据的),与理念相比而言任何时代的作品都是相对的。即便这一差异也无法逃脱理想化的完美方案的窠臼。圣索兰在50年代讨论基督教民族叙事诗时所构想的借发明(Erfindung)概念摆脱模仿理论的想法,越来越得到重视。① 模仿的主张有双重面相:模仿自然抑或模仿古人。人们不能再用模仿自然的原则来解释"手工"艺术中的发展;耀斯在前言中这样解释《对比》一书中的一处重要内容,"由人手所创造的作品之所以获得显著地位,更多的是因为其人为的计划性和不依赖自然需求的独立性"。② 机器是这个说法最明显的体现。此外,经由基督教(圣索兰在这里复述了一个教父们曾坚持的论点),文学的

---

① Krauss,前揭,页XXX。
② Charles Perrault,卷1,页120;Hans Robert Jauß,导言,页49。

主题亦得到改变并且也改变了近代国族国家的历史。这样一来,古人所留存的——如果还有的话——就只剩下形式-美学上的榜样性,然而,借助有历史局限的好趣味标准和在美学上不易领会的天才概念,佩罗进一步削弱了这一榜样性。佩罗在《对比》结尾[98]至少部分地撤销了"心灵"艺术(修辞与诗歌)领域进步性的完善(progressive Perfektion)理念(与理念之美相对),这或多或少暗示了某种人们日后称作历史时期的"绝对差异"(小施勒格尔语)的东西。① 《对比》一书标志着古今之争的顶点和转折。双方阵营的对立在新的历史性世界图景中开始自我消解。严格来讲,自此,人们才可以谈论所谓的世界图景的世俗化。崇古派与崇今派虽然偶而有龃龉,但同时都接受的事实是,法国论争的一个重要后果在于造成了美艺术和一般意义上的科学的最终分离。两个领域的发展再也无法回到一个共同的法则上来。作为相对性标准,进步概念只能越来越局限地被运用到诸美艺术(Schöne Künste)中来。

论争在英国则显得有些不同,它起先表现为古代哲学同近代哲学拥护者之间的论战。自皇家

---

① Hans Robert Jauß,导言,页9。

协会于1660年成立以来,人们主要关心的问题是应该承认亚里士多德哲学传统还是由培根所代表的新派哲学的优先权。[①] 传统派一方,坦普尔爵士(Sir William Temple,1628—1699)以《论古今学问》一文参与了论战,其直接的导因是博奈特(Thomas Burnet,1635—1715)于1681至1699年发表的《大地的圣化理论》(*Telluris Theoria Sacra*)——博奈特坚定地为以培根为代表的今人事业摇旗呐喊——以及坦普尔对丰特奈尔作品的批评。坦普尔火药味十足的论辩首先针对两种观点,无论培根还是丰特奈尔皆持此论说:他们认为,1,今人之所以胜于古人,是因为他们能够基于前人所取得的成就继续营造发挥(即可完善性观念);2,自然的[99]潜力在任何时代都相同(即人类自然在本性上相同之观念)。[②] 坦普尔坚决强调古人的不可逾越性,以此立场反对上述自中世纪晚期以来便很有市场的观念,该观念也早已被看作今人派的老生常谈。因此,坦普尔引发了一场论争,"它在对立双方的参与度和热情、激烈程

---

① Richard Foster Jones,《"书籍之战"的背景》(The Background of *The Battle of the Books*),见氏著 *The Seventeenth Century*,London 1965,页10—40,尤见页22。

② Crane,前揭,页80。

度和不可调和性方面丝毫不逊色于古老的、在大多数早期欧洲文献中有据可查的古今之争,它属于此论争的一个阶段"。①

坦普尔因其早期的政治活动而享有盛名,这也是人们极为重视他对崇今派人士口诛笔伐的原因之一。它首先在皇家协会成员中间引起不小骚动,人们满腹狐疑,为何坦普尔爵士要以《论古今学问》重新点燃那场古老的思潮之争,该争论曾给皇家协会的早期阶段留下很大阴影。② 协会会员沃顿(William Wotton,1666—1727)作出了必要而且意料之中的反驳,他对同时期法国的那场论争了如指掌。由于不想与坦普尔陷入胶着的对垒,于是他在《关于古今学问的反思》(1694)中进行试探,在哪些争论点上可以赞同坦普尔关于古代的立场,而在哪些方面——根据手头的材料——必须坚决反对他。他的结论与三年之后佩罗通过神父之口表达的妥协不谋而合:适用于机械性艺术和自然科学等发展的可完善性原则,不能不加限制地应用到美艺术上。③

---

① Hermann Josef Real 注疏、导言,《斯威夫特:书籍之战》(*Jonathan Swift The Battle of the Books*. Berlin-New York 1978),页 XXII。
② Jones,前揭,页 25。
③ 同上,页 32;亦参 Baron,前揭,页 4。

而且他也怀疑,不同时代的思想成就究竟是否具有可比性,因为任何时代的原创性和独特性都并非可以测度、即可比较的(komparabel)数值。①

在此之后,坦普尔的私人秘书斯威夫特(Jonathan Swift, 1667—1745)[100]匿名发表了反驳今人派(尤其是沃顿及其友人本特利[Richard Bentley])的《书籍之战》,据作者自称,该作品自1697年便已动笔,直到坦普尔逝世后五年,即1704年方才发表。② 书籍的战争——在作者之间进行——之所以打响,是因为古人拒绝交出他们位于帕尔纳斯山上更高的制高点,并且拒绝与今人的水平看齐。在由荷马领军的古人扈从中,人们也可以看到坦普尔爵士的身影。而今人派的后备军中则有沃顿、本特利、佩罗以及丰特奈尔等人。挑战者最终在一片哀嚎中落败:笛卡尔输给了亚里士多德,荷马战胜了佩罗和丰特奈尔。在插入的一则寓言中,斯威夫特将今人比作蜘蛛,它们对能够以一己之力创造一切而傲慢飞扬跋扈,不过它们只能产出毒液、织造粘网,而蜜蜂在长久的寻觅之后带来的却是蜂蜜和蜂蜡。③ 蜜蜂本来是今人的象

---

① Crane,前揭,页86。
② Real,前揭,页XXXIII。
③ 同上,页10。

征,在这里则代表了好古者和古典主义者。

在这部讽喻作品中虽然夹杂着很多私人恩怨,但是对于18世纪初期英国的文学品味而言,它的趋势极具代表性,因为作品中这场战争的胜利者并非只是古代作者及其模仿者。蒲柏(Alexander Pope,1688—1744)也成为英国古典主义推崇备至的诗人,①而遭受新派哲学和自然科学攻讦的亚里士多德则被视为文学创作的圭臬。②

早在17世纪德意志大地上虽然已经零零散散出现过一些时代对比的思想端倪——当时人们的主要意图是为德语在古典语言和各欧洲民族语言面前据理力争其平等性(比如奥匹茨、瑞斯特、克莱伊、金德曼等人)③——,但随着与法国和英国的相关论文展开辩论,论争(Querelle)才真正开始。不过,这里的论争充其量不过是民族色彩浓重的、对先前众所周知的论调的重复,④[101]

---

① Krauss,前揭,页 LV。
② Richard Foster Jones,《古与今:书籍之战的背景研究》(*Ancients and Moderns. A Study of the Background of the Battle of the Books*. St. Louis 1936),页282。
③ Gyula Alpár,前揭,页27及以下。
④ 译注:Peter Kapitza对此观点颇为不满。作者勒策虽然提及Kortholt和Gottsched二人,但与原创性、个性、由莎士比亚热所引起的天才崇拜等范畴的接受相比而言,毫无意义。Kapitza称本书作者这种笼统的判断未(转下页注)

这种重复包括无情地蔑视现代及崇今派人士——如科尔托忒(Matthias Nikolaus Kortholt)在其1700年吉森大学演讲中称佩罗的判断是 perversa sententia[谬说](18世纪中期仍有许多作品大量引用该演讲)①——或颂扬佩罗为现代人之先锋等等不一而足：

> 既然佩罗业已凯旋,德意志人也不应退缩；
> 古人在我们面前也必弃甲投戈。(哥特舍德)②

然而,诸标准(对比由此而得以保留),如原创性、个体性、天才、主观品味等等,直到莎士比亚热的到来才在德意志得到接受,而这时,"古今之争"与"书籍之战"业已成为历史。

(接上页注)能认识到直至赫尔德等人仍在探讨的文学品味和艺术批评者能力等问题在古今之争语境中的重要性。参氏著《学人族的市民战争：论德意志古今之争史》(*Ein bürgerlicher Krieg in der gelehrten Welt. Zur Geschichte der Querelle des Anciens et des Modernes in Deutschland*. München 1981),页20。

① Gyula Alpár,前揭,页50及以下。
② Gyula Alpár,同上,页70。

参考文献

Adam, Antoine: Histoire de la litterature franfaise au XVIIe siede. Paris 1949—1956, 5 Bde.

Alpar, Gyula: Streit der Alten und Modernen in der deutschen Lite-ratur bis um 1750. Budapest, 1939.

Altaner, Berthold, und Alfred Stuiber: Patrologie. Leben, Schriften und Lehre der Kirchenväter. Freiburg [7]1966.

Atkins, John William Hey: English Literary Criticism: The Renascence. London 1947.

—: Literary Criticism in Antiquity, 2 Bände ([1]1934), London [2]1952.

—: English Literary Criticism: 17th and 18th Centuries. London 1963.

Auerbach, Erich: Literatursprache und Publikum in der heidnischen Spätan-tike und *im* Mittelalter. Bern 1958.

Baron, Hans: The *Querelle* of the Ancients and the

Moderns as a Problem for Renaissance Scholarship. In: Journal of the History of Ideas 20 (1959), S. 3—22.

Bermann, St. (Hrsg.): The Conflict of Generations in ancient Greece and Rome. Amsterdam 1976.

Blumenberg, Hans: Die kopernikanische Wende. Frankfurt 1965.

—: Die Legitimität der Neuzeit. Frankfurt 1966.

—: Die Genesis der kopernikanischen Welt. Frankfurt, 1975.

Bolgar, R. R.: The Classical Heritage and its Beneficiaries. Cambridge 1963.

Buck, August: Das Geschichtsdenken der Renaissance. Krefeld 1957.

Aus der Vorgeschichte der Querelle des Anciens et des Modernes in Mittelalter und Renaissance. In: Bibliotheque d'Humanisme et Renaissance 20 (1958), S. 527—541.

Gab es einen Humanismus im Mittelalter? In: Romanische For-schungen 75 (1963), S. 213—239.

Die «Querelle des Anciens et des Modernes» im italienischen Selbstvers-tändnis der Renaissance und des Barocks. Wiesbaden 1973 (Sitzungsberichte der Wissenschaftlichen Gesellschaft an der Johann Wolfgang Goethe-Universität Frankfurt a. M. , Band 11, Nr. 1).

Buck, August: Die Rezeption der Antike in den romanischen Litera-turen der Renaissance. Berlin 1976.

Burlingame, Anne Elizabeth: The Battle of ehe Books in its Historical Setting. New York 1920 (Nachdruck 1969).

Chenu, M. -D. : Antiqui, moderni. In: Revue des Sciences Philosophi-ques et Theologiques 17 (1928), S. 82—94.

Cherniss R. : The Ancients as Authority in Seventeenth-Cencury France. In: Boas, G. (Hrsg.): The Greek Tradition,, Baltimore 1939, s. 137—170.

Collard, Andree: Espaii. a y la «Disputa de Antiguas y Modernos». In: Nueva Revista de Filologia Hispanica 18 (1965/66), S. 150 bis 156.

Crane, Ronald S. : The Quarre! of ehe Ancients and Modems and Its Consequences. In ders. : The Idea of ehe Humanities I, Chicago-London 1967, S. 72—89.

Curtius, Ernst Robert: Europäische Literatur und lateinisches Mittel-alter (^{1}1948). Bern-München ^{4}1963.

Diede 0. : Der Streit der Alten und Modernen in der englischen Lite-raturgeschichte des XVI. und XVII. Jahrhunderts. Greifswald 1912.

Dodds, Eric R.: Der Fortschrittsgedanke in der Antike und andere Aufsätze zu Literatur und Glauben der Griechen. Zürich-München 1977, S. 7—35 (Originaltitel: The Ancient Concept of Progress. Oxford 1973).

Freund, Walter: Modernus und andere Zeitbegriffe des Mittelalters. Köln-Graz 1957.

Gerschmann, Karl-Heinz: „Antiqui -novi -moderni" in den *Epistolae obscurorum virorum*. In: Archiv für Begriffsgeschichte XI (1967), s. 23—36.

Gillot, Hubert: La Querelle des Anciens et des Modemes en France. De la*Defense et Illustration de la Langue fram; aise* aux *Paralleles des anciens et des modernes*. Nancy 1914 (Nachdruck 1968).

Gmelin, Hermann: Das Prinzip der Imitatio in den romanischen Lite-raturen der Renaissance. In: Romanische Forschungen 46 (1932),s. 83—360.

Gößmann, Elisabeth: Antiqui und Moderni im Mittelalter. Eine geschichtliche Standortbestimmung. München-Paderborn-Wien 1974.

Goez, Werner: Translatio Imperii. Ein Beitrag zur Geschichte des Geschichtsdenkens und der politischen

Theorie im Mittelalter und der frühen Neuzeit. Tübingen 1958.

Guyer, Foster E.: The Dwarf on the Giant's Shoulders. In: Modern Language Notes 45 (1930), S. 398—402.

Haskins, Charles Homer: The Renaissance of the Twelfth Century. New York ^{13}1968 (^{1}1927).

Highet, Gilbert A.: The Classical Tradition. Greek and Roman Infl uence on Western Literature. Oxford ^{2}1951.

Jauß, Hans Robert: Ästhetische Normen und geschichtliche Reflexion in der „Querelle des Anciens et des Modernes". In ders. (Hrsg.): Charles Perrault. Parallele des Anciens et des Modernes en ce qui regarde! es arts et les sciencès. München 1964, S. 8—64.

Literarische Tradition und gegenwärtiges Bewußtsein der Moder-nität. In: Literaturgeschichte als Provokation. Frankfurt 1970, s. 11—66.

Antiqui / moderni (Querelle des Anciens et des Modernes). In: Historisches Wörterbuch der Philosophie, Band I, Darmstadt 1971, Sp. 410—414.

Alterität und Modernität der mittelalterlichen Literatur. München 1977.

Jeauneau, Edouard: ,. Nani gigantum humeris insidentes". Essai d'inter-pretation de Bernatd de Chartres. In: Vivarium 5 (1967), S. 79 bis 99.

Jones, Richard Foster: Ancients and Modems. A Study of the Back-ground of the *Battle of the Books*. St. Louis 1936.

The Background of *The Battle of the Books*. In ders. ; The Seven-t; nth Century. Studies in the History of English Thought and Literature from Bacon to Pope. London (1951) 1965, S. 10 40.

Joosen, J. C., und J. H. Waszink: Allegorese. In: Reallexikon für Antike und Christentum, Band 1, Stuttgart 1950, Sp. 283 bis 293.

Koch, Josef (Hrsg.): Artes Liberales. Von der antiken Bildung zur Wissenschaft des Mittelalters. Leiden-Köln 1959.

Kohlund, W.: Kultur-und Fortschrittsbewußtsein in England um 1700. Quakenbrück 1934.

Kohut, Karl: Ingeniosa comparación entre lo antiguo y lo presente. Aufnahme und Kritik der antiken Tradition im spanischen Huma-nismus. In: Renatae Litterae. Studien zum Nachleben der Antike und zur europäischen Renaissance. August Buck zum 60. Geburtstag. Hrsg. von Klaus Heitmann und

Eckhart Schroeder. Frankfurt 1973, s. 217—243.

Kortum, Hans: Charles Perrault und Nicolas Boileau. Der Antike-Streit im Zeitalter der klassischen französischen Literatur. Berlin 1966.

Die Hintergründe einer Akademiesitzung im Jahre 1687. In: Krauss/Kortum (Hrsg.): Antike und Modeme in der Literatur-diskussion des 18. Jahrhunderts. Berlin 1966, S. LXI—CXI.

Krauss, Werner, und Hans Kortum (Hrsg.): Antike und Modeme in der Literaturdiskussion des 18. Jahrhunderts (Textsammlung). Berlin 1966.

Krauss, Werner: Der Streit der Altertumsfreunde mit den: Anhängern der Moderne und die Entstehung des geschichtlichen Weltbildes. In: Krauss/Kortum (Hrsg.): Antike und Moderne in der Literatur-diskussion des 18. Jahrhundens. Berlin 1966, S. IX—LX.

Lange, Hans-Joachim: Aemulatio Veterum sive de optimo genere dicendi. Die Entstehung des Barockstils im XVI. Jahrhundert durch eine Geschmacksverschiebung in Richtung der Stile des manieristischen Typs. Bern-Frankfurt 1974.

Leyden, W. von: Antiquity and Authority. A Paradox in the Renaissance Theory of History. In: Journal of the History of Ideas 19 (1958), S. 473—492.

Maravall, Jose Antonio: Los factores de la idea de progreso en el renacimiento espaiiol. Madrid 1963.

—: Antiguas y modernos. La idea de progreso en el desarrollo inicial de una sociedad. Madrid 1966.

Margiotta, Giacinto: Le origini italiane de la querelle des anciens et des modernes. Rom 1953.

Marrou, Henri-Irenee: Histoire de l'education dans l'Antiquite. Paris 1948.

Miner, Eearl: Literary Uses of Typology from the Late Middle Ages to the Present. Princeton 1977.

Newald, Richard: Nachleben des antiken Geistes im Abendland bis zum Beginn des Humanismus. Tübingen 1960.

Nitze, William A.: The So-called Twelfth-Century Renaissance. In: Speculum 23 (1948), S. 464—471.

Norden, Eduard: Die antike Kunstprosa. Vom VI. Jahrhundert v. Chr. bis in die Zeit der Renaissance, 2 Bände (11898), Nachdruck Darm-stadt 1958.

Ohly, Friedrich: Schriften zur mittelalterlichen Bedeutungsforschung. Darmstadt 1977.

Paetow, Louis John: The Battle of the Seven Arts (Introduction), Berkeley 1914, S. 1—36.

Rand, Edward Kennard: Founders of the Middle Ages (11928) New York 1957.

Real, Hermann Josef: Jo11athan. Swift 1heβattle of the Books. ;Eine historisch-kritische Ausgal;ie mit literarhistorischer Einleitung und Kommentar. Berlin-New York 1978.

Rehm, Walther: Der Untergang Roms im abendländischen Denken. Ein Beitrag zur Geschichtsschreibung und zum Dekadenzproblem. Leipzig 1930.

Reiff, Arno: Interpretatio, imitatio, aemulatio. Begriff und Vorstellung literarischer Abhängigkeit bei den Römern. Diss. Köln 1959.

Rigault, Hippolyte: Histoire de la Querelle des Anciens et des Modernes. Paris 1856 (Auch CEuvres Completes de H. Rigault, Bd. I, Paris 1859).

Seeger, 0. : Die Auseinandersetzung zwischen Antike und Moderne in England bis zum Tode Dr. Samuel Johnsons. Leipzig 1927.

Silvestre, Hubert: Quanto iuniores, tanto perspicaciores. Antecedents a la Querelle des Anciens et des Modernes. In: Recueil comme-moratif du x · anniversaire de la Faculte de Philosophie et Lettres de l'Universite Lovanium de Kinshasa, Löwen-Paris 1967, S. 231 bis 255.

Simone, Franco: La „Reductio artium ad Sacram Scripturam". Quale espressione dell' umanesimo medievale fino al secolo XII. In: Con-vivium 18 (1949), S. 887—927.

Spörl, Johannes: Das Alte und das Neue im Mittelalter. Studien zum Problem des mittelalterlichen Fortschrittsbewußtseins. In: Histori-sches Jahrbuch 50 (1930), S. 297—341 und S. 498—524.

Stackelberg, Jürgen von: Das Bienengleichnis. Ein Beitrag zur Geschichte der literarischen Imitatio. In: Romanische Forschungen 68(1956), s. 280—293.

Wehrli, Fritz: Zur Geschichte der allegorischen Deutung Homers im. Altertum. Diss. Basel 1928.

Weinberg, Bernhard: A History of Literary Criticism in the Italian Renaissance. 2 Bde. Chicago 1961.

Wilamowitz-Moellendorff, Ulrich von: Asianismus und Atticismus. In: Hermes 35 (1900), S. 1—52.

Williams, G. : Tradition and Originality in Roman Poetry. Oxford 1968.

Zilsel, Edgar: Die sozialen Ursprünge der neuzeitlichen Wissenschaft. Frankfurt 1976.

Zimmermann, Albert (Hrsg.): Antiqui und Moderni. Traditions-bewußtsein und Fortschrittsbewußtsein im späten Mittelalter. Ber-lin 1974.

附　录

古今之争①

多玛(Heinz Thoma)

1. 基本特征与前史

古今之间的论争看似具有人本学 文化史的恒久性,古罗马与中世纪似乎也早已熟知古人与今人之间的对立,不过,在古人那里,类似对立的循环往复概念还不具备明确的历史哲学维度,人们还没有将据称是沙尔特的伯恩哈特在1120年前后所说的格言"人们生活在巨人的肩膀之上"——这指的是古代——视为开启了救恩史之外的未来思维。

在17世纪(尤其到了18世纪),这样一种向

---

① "古今之争"(Querelle des Anciens et des Modernes; Der Streit der Altertumsfreunde und der Modernen; Quarrel of the ancients and the moderns)一文出自 Heinz Thoma 编《欧洲启蒙运动手册》(*Handbuch Europäische Aufklärung: Begriffe, Konzepte, Wirkung*),J. B. Metzler, 2015,页407—418。

前的进步维度在所谓的古今之争——披着美学外衣的历史哲学之争——之中越发清晰。佩罗(1628—1703)于1687年在法兰西学院一次会议上诵读的诗歌《路易十四时代》一般被视为基础性的文献,它强调了当下时代在所有领域都胜过古代,该论说在会上立即遭到崇古派代表布瓦洛(1636—1711)的反驳。20世纪60年代,早年的研究文献(尤其是德文)在阐释论争时形成了某种东、西对峙的态势。比如,耀斯的康斯坦茨学派欲从论争的品质方面归结出一种早期的历史主义(耀斯,1964),而克劳斯学派则指明该论争为18世纪的进步理论开了先河(克劳斯/科图姆,1966)。晚近研究倾向于提前论争的开端,并强调论争之于意大利文艺复兴时期文献来源的延续性(Fumaroli,2001;关于西班牙的先锋,参克劳斯/科图姆,1966,XI f.)。福玛罗利于2001年的文章在晚近构成了其纲领性作品《翻倒的沙漏:论古与今》(Le sablier renversé: des modernes aux anciens, 2013)的中心篇章,作者在文中将格拉西安(Baltasar Gracián, 1601—1658)《做人要义与修身之道》(Oráculo manual y arte de prudencia,译按:张广森先生亦将其译为"智慧书")1684年的法译本《人之法庭》(Homme de Cour)置于古今之争的语境中,并在第三章也赋予了1750年以来出现在启蒙运动中的崇古热以相宜的地位;在其《艺术与文学的社会史》(*Sozialgeschichte der Kunst und Literatur*, 1953)中,豪泽(Arnold Hauser)就从政治视角明确强调过这次崇古热。

此外,论争中还深藏着一种民族优越感,这种优越感尤其在德意志引发了相应的矛盾反射。文艺复兴时期,贝雷(1522—1560)为法语辩护的作品《为法语的辩护并对其的颂扬》作为七星社的宣言,它仍关心的是与当时统治性的意大利语分庭抗礼,也关心与美第奇时代的灿烂文化一决高下等问题。与古代相竞争的特点在整个时代被视为复苏或增强各民族当下时代之文化的尝试。受瓦萨里(Giorgio Vasari, 1511—1574)影响的 rinascita[重生;复兴]概念具有古代、衰败、重生等三重意味,也包含了对中世纪关于异教与基督教文化已经取得最终综合这一看法的质疑,这是在古今之争中扮有重要角色的争论所在(Buck 1958;Baron 1959)。古已有之的流行观点——即罗马之后的统治和学术的转移——同时也在复兴观念中发挥着作用(Goez 1958),人们关心的是传统的形成和权力与相应体现权力的文化之间的关联。这一点适用于法国的博丹(1529/30—

1596)——他凭借《共和六书》(*Les six livres de la République*, 1576)而成为绝对王政法权理论的早期代表;也同样体现在黎塞留(Richelieu, 1585—1642)身上和法兰西学院的建立(1635);此外,路易十四的帝国政治雄心(Durchardt 1990; Bender 2007)及其符合动员的艺术性颂扬,也属于这一语境。在文化领域尤其处于这一前史阶段的还有晚近再次被福玛罗利(2001)所强调的蒙田(1533—1592)的重要性,在古代崇拜方面他反对学人族的迂阔,而在当时的流行文化方面他也反对时人肤浅的乐观主义。

在那场长久以来未在所有维度、尤其未在权力政治的枝节中取得令人满意答案的论争中,17世纪的人们关心的是古代的榜样性,尤其是文学作品中的榜样性(崇古派的立场),或者关心的是所有文化领域中的进步,包括文学(崇今派的立场)。由于对君主制及其文化政策的不同理解,对立双方分道扬镳。从社会担纲者身份来看,他们或多或少都属于资产阶级,其中,崇古派受归化了的延森派穿袍贵族和学者圈子影响更深,而崇今派则更为强烈地自视为基督教文化和以绝对王政及其内政外交政策的目标为标志的上流文化之代表。

2. 论争与君主国的文化政策

在法国,这样一种政策之所以能够取得实际效果,与国家支持的大量外文法译活动这一前提分不开,这些翻译作品使法语成为思想交汇的中心,并使之成为欧洲的一门主要语言。这种在17世纪前30年便呈现出的态势提高了上流圈子的修养,也影响了本来受制于拉丁文的哲学、学识以及医学等领域,并对法语起到有利的促进作用,自1539年的"维莱科特雷法令"(Ordonnance de Villers-Cotterêts)颁布以来,法语就成为唯一的文牍语言和官话。极具代表意义的是,笛卡尔的《谈谈方法》(*Discours de la méthode*,1637,拉丁文版1657)首先是以法语形式出版的。

君主制与文学教条之间的关联很早就已经体现在诗学或者文评领域的论争中。在这里应该区分三种本质上相互纠葛的流派(参 Thoma 2008,页763—766)。第一种是以笛卡尔和罗亚尔逻辑学(按:亦译为"王港逻辑")为准绳的流派,它将真理与美联系起来,极看重规则的一致性,并且一直受到政治的影响。以高乃依的作品(即《熙德》)为例,该流派在"熙德之争(Querelle du Cid)"之中得到检验,夏普兰(Jean Chapelain,1595—1674)——黎塞留和科尔贝的文化政策顾问,同时也是叙事诗人——和同样曾与黎塞留交好、著有《戏剧实践》(*La pratique du théâtre*, 1657)的奥比纳克神父都属于这一流派。人们在这场论争中关心的是清除舞台上与人们所期待的未来礼仪规则相悖的情节元素,如决斗、打耳光等等。

布瓦洛所代表的是第二种流派,该流派更强烈地以交际标准为准绳,甚至倾向于献殷勤。与对手佩罗一样,布瓦洛也出身于穿袍贵族,享有足够保证自己独立自主的终身年金,不过他未能获得贵族头衔。路易十四登基之初,布瓦洛从事文学创作,一开始写一些格格不入的讽刺作品,在撰写过一系列书信作品之后他逐渐克制,愈发顾及君主制的政治——尤其体现在与该政制合宜的、同时强调理性的诗学教义的表达。1677 年,在以贺拉斯风格写作的应变过程末期,他与拉辛同时被任命为皇家历史编纂(histographe du roi)。在此之前,他在延森派学者和上流贵族圈子中已有名闻,他常在他们中间诵读自己的作品,也受到国王情妇孟德斯潘夫人的宠幸。其诗学意识传递的是许多心灵上和美学-政治上的张力,其中也描述了政府贵族在议会投石党乱(1648—1650)尾声被迫的顺服和高级贵族在亲王投石党乱(1650—

1652)尾声的服从之后,倾向于绝对王政的君主制领导层潜在的对立情绪。

布瓦洛的代表作《诗的艺术》(*Art poétique*, 1674)是以亚历山大格写成的四章颂歌,承接的是亚里士多德的《论诗艺》(按:旧译《诗学》)和贺拉斯的《诗艺》,然而,他忽视了文艺复兴时期的诗学材料。在作品的许多地方,布瓦洛也重复了语言-风格和诗学规则领域先驱人物的学说(如马莱布、沃热拉、夏普兰以及奥比纳克神父)。在实践方面,他的诗学遵循的规则是通过点缀性的离题话、历史性的附识以及类似于练习曲的范例等来表达多样性。总之,他将传统的诗学素材与宫廷的趣味习惯融合在了一起。通过将模仿的文学榜样从古希腊-罗马扩展到宫廷和城市("Etudiez la cour et connaissez la ville")这样实际直观的范式,这部作品在诸多方面都获得一种行政命令学(Präzeptistik)地位,它深受普遍理性主义的影响。此外,它也获得一种强制实用-道德的诗之理解,真与美的结合是对这种理解的补充,不过,它也为当时的交际美学留有余地。

凭借其对文类的选择和对古代榜样的称赞,《诗的艺术》为古今之争作出了重要贡献。与此相类似,他其余的批评作品也具有这样的作用,尤其是他 1692 年以后的评论。这些评论是为与《诗的艺术》同时发表的伪朗吉努斯《论崇高》(*Peri hypsous*)译文(题为 *Traité du sublime*)所写,它利用作品中的段落来反驳佩罗,来证明佩罗缺乏教养并且对希腊文缺乏足够认识,以此来剥夺他作为论争参与者的正当性,"不懂荷马语言的佩罗先生,竟对译者的译文妄加指摘"(Monsieur P. , qui ne sachant point la Langue d'Homère, vient hardiment lui faire son procés sur les bassesses de ses Traducteurs …)。赞成古代的主要论据则在于,人们对他们表示长久的倾佩。布瓦洛很早并且一直是崇古派的中坚力量。

此外,还有一种支持上述流派的第三种,即文人的批评流派,最重要的代表即拉潘(René Rapin, 1621—1687),此君《论亚里士多德诗学兼论古今诗作》(*Réflexions sur la poétique d'Aristote et sur les ouvrages des poétes anciens et modernes*, 1674)将亚里士多德和贺拉斯学说系统化,并将古代诗人树立为主要诗歌类型(叙事诗、肃剧、谐剧、颂歌)基础性描述在欧洲范围内进行对比的规范,这种对比影响至今。在拉潘看来,卓越超群的荷马是范式和万世的至伟全才。

布瓦洛和拉潘携手一道驳斥崇今派首要的代

表人物圣索兰(1595—1676),此人很早就曾受到黎塞留的支持。圣索兰在其叙事诗《克劳维或基督教法国》(*Clovis ou la France chrétienne*,1657)中声称基督教的奇迹胜过异教-古代的神奇(merveilleux),他乐意看到人们将法国的君主制在美学上呈现在这一传统之中。直至 1670 年代,圣索兰在序言和理论作品中仍认为基督教是超越了异教谬误的无限的神学进步,并结论说,基督教诗歌是优越的,不需要去模仿什么榜样,需要的只是"思想的多产"。他明确表示把佩罗看作自己的继承者。显而易见,君主制的文化政策优先权在这一时期仍未确定下来。

布瓦洛在《诗的艺术》第三章反对基督教叙事诗,他说,将宗教引入虚构会对宗教造成威胁。圣埃夫勒蒙(Saint-Évremond,1613—1703)在《论古今肃剧》(*De la tragédie ancienne et moderne*,1672)中采取类似方式,他以肃剧为例,在其中也坚持对艺术领域和神圣之事的区分。弗勒里(Claude Fleury,1640—1723)在其《荷马评注》(*Remarques sur Homère*,1665)中专门针对叙事诗强调了荷马叙事诗同当下文明时代之间的历史距离,并为卢梭的文明批判发出了先声。

对于严阵以待的崇古派而言——他们能够极

为令人信服地说明古人在诗歌领域的优越性——诗歌完善于历史开端时期。尽管如此,这一永恒完善的模范在当下完全可以企及,并且[当下]本身重新会成为榜样。正如将路易十四大帝比作亚历山大大帝所表明的,在布瓦洛看来,这一关系也适用于君主制,它必须以古代来检验自己伟大的正当性,诗人也应如此检验其作品。由布瓦洛和拉辛提供顾问的路易十四大帝最终更倾向于他们二人用来稳固宫廷和城市读者群体的间接文学政治策略,而未采取佩罗一方赞扬统治者和进步论的策略。维亚拉(Alain Viala 1985)从君主制文化政策视角来审视路易十四治下起间接作用的国家资助人促进艺术的行为,并试图以此来将作品创作由直接的委托制解放出来,以此把艺术的自律性往前上溯至17世纪。与此同时,他也终结了自19世纪以来试图将古典时期文学解读为市民时期文学的尝试(关于这种重新阐释参 Thoma 1979)。晚近,有论者用文献丰富、巧妙运用的制度社会学方法来阐释17世纪的论争,对维亚拉的解释作了补充;该研究将古今之争视为法兰西学院的自我主张,学院借此来确保自身在决定经典作品中的威严,同时使君主制变得无足轻重(Mayer 2012)。

不过，如此尖锐的观点会模糊双方阵营真实的权力政治联系，二者都乐此不疲且明目张胆地通过各自的溢美之辞来宣表忠心：佩罗写了路易十四的颂诗；尽管布瓦洛常常对逢迎主上很不齿，当然这也与他个人的诗歌品质有关，但他在法国占领那慕尔后也写过类似的颂歌。后来，国王顶着来自法兰西学院的压力仍坚持接纳布瓦洛为院士（1683），而这里的院士此前常常沦为这位讽刺诗人的笔下鬼。

当人们仔细审视双方阵营各执一词的分歧时，会发现自律（Autonomie）说在其中扮演的核心角色。崇古派建议当下诗人和君主都应该与古代典范进行较量，这一建议导致了时至今日对思想和权力平等并不同样明显的诉求。就崇今派而言，由佩罗在论争作品中提出、并由丰特奈尔得以强化的进步构想很显然将法兰西王国置于文明史条件下，王国的神学理据（上帝恩典）并不熟悉这些文明史条件。此外，另外一种论证框架——即路易大帝是时代的继承者——意欲提请路易大帝要注意思考其未竟的帝国政治雄心。最后，同样成问题的是佩罗对诗人书写基督教叙事诗的要求：如果我们按照黑格尔在《美学讲演录》中的观点，即要成功叙写叙事诗，君主必须是代表一切的具体首脑,而非代表的是今天或多或少表现抽象的各自为政的机构(如法权、金融、市民秩序和安全等)的中心——而这一点已经适用于路易十四时代——,那么,法国近代早期文学构建基督教叙事诗的意图就必然失败。不容忽视的一点是,无论佩罗还是布瓦洛,二人都写作叙事讽刺诗。

在当时文学仍主要是宫廷应酬和贵族酬酢的一部分,就文学这一狭义方面来看,崇古派的功绩因为如下方式而具有将来性的指导意义:一方面,它通过坚持区分艺术和宗教领域,另一方面它通过经由古代步入美学的间接道路直通当下——人们借这条途径能够捕捉并体会心灵产物所表现的当时社会状况的内在矛盾,从而可以将17世纪晚期的文学(尤其是与戏剧相关的题材,特别是肃剧)视为民族文学的高峰。

3. 通往18世纪进步范式之路

至于有大资产阶级-延森派背景的佩罗为何选择1687年作为发表颂诗的年份,原因不得而知。据论者猜测,原因可能不仅仅与重获象征性的资本有关,当时,随着卢福瓦于1683年的上台,马扎然和科尔贝的宠儿丧失了资本。卢福瓦是继科尔贝之后大型基建项目如卢浮宫、杜伊勒里宫以及凡尔赛宫等等的负责人,起着协调各个学院（如皇家绘画雕塑院、建筑院、科学院等）的中间人作用,并且也负责管理宫廷赏赐。自1671年起,卢福瓦跻身法兰西学院,1673年成为学院理事,1678年荣升院长（Bonnefon,1904）。与从不履行其律师职责的布瓦洛不同,佩罗从一开始就属于朝廷的管理精英。讽刺的是,佩罗凭借亚历山大格颂诗却未能成功赢回丧失的权力地位（或曰丧失的象征性资本）,即便他在诗中将路易十四治下的统治说成是自古以来的盛世（参Thoma 2008,页770—771）。这首诗首先以共同的人本学特征之名将崇古派追奉为圭臬的古代作家逐下神坛（"他们是很伟大,不错,但是同我们一样都是人"）,接着以真理、功能、成就之名,声称当下时代在战术、科学和法理学等方面都具有优势,最后给古代的诗歌和造型艺术打上欠缺水准和有失文雅的标签,并称古代音乐是粗野和朴素的原始产物。颂诗在赞颂了凡尔赛苑囿之后,最后以一般性的赞美君主功绩和重要性结尾。

佩罗随后在四卷本的《古今对比》（1688—1697）中深化了这首即兴诗的立场（Jauss 1964;Krauss 1966;Bernier 2006）。对比体裁的传统从普鲁塔克的名人对比再到文艺复兴时期（如蒙田）

最后发展到顶峰时期的 18 世纪,该时期的对比作品有大约 60 部:代表性的是马布里(Gabriel Bonnot de Mably)的《罗马与法国统治之对比》(*Parallèle des Romains et des Français par rapport au gouvernement* 1740)(参 Gicquiaud 2006,页 29—47)。该体裁在 17 世纪直接的先驱是无论在语言还是文化上都曾在欧洲称雄一时的意大利(Margiotta 1953),作为修辞学课堂里的练习,它更多的是被视为论辩列表(Matrix),如布瓦耶(Pierre Boyer)的《异教与耶稣教会学说对比》(*Parallèle De La Doctrine Des Païens Avec Celle Des Jésuites* 1726)。"百科全书派"称之为一种优雅的训练,它在名人对比时,从一位过渡到另一位并不断从中得出各自的差异(转引自 Gicquiaud,页 39)。总而言之,这种体裁也适合不同且不确切的时代(Bernier 2006,页 5 及以下),比如从夏多布里昂的《论古今革命》(*Essai sur les révolutions anciennes et modernes* 1796)可以看出,他采取的也是同样的表现方式。

人们一般将佩罗的文本视为典型的循环式古代政制史观的代表(Schlobach 1980,页 235)。不过,他当时用作时代架构的对比已经在朝着带有文明史烙印、滚滚向前的进步史观发展了。该对比展现的是从乡间归来的院长(代表崇古派的立场)和代表了崇今派立场的神父(他最为熟悉城市和宫廷)之间的对话。同样支持崇今派立场的骑士,扮演的是机智的话题发起人角色。

对话一"论对古人的偏见(De la prévention en faveur des Anciens)"讨论的是原则性问题。崇今派视坚持罗马胜于希腊演说家并且深谙世故的西塞罗为鼻祖,而语文学家、模范的教育家昆体良则被看作崇古派的原型。关于品达的讨论改变了世故和狭隘偏见之间的对立,神父赞成上流的 bons sens[常识]和 choces fines[美好事物]品味,这种观点认为,院长(就像布瓦洛在其《诗的艺术》中)赋予优先权的品达是晦涩和造作的典型代表。神父在文学评价问题与艺术和科学中提倡绝对的"思考和批评自由",这使论争看起来颇具元政治的味道,神父称,与宗教和国家不同,主宰文学、艺术和科学的不应该是权威,而应该是理性。针对古今之争核心的进步问题,骑士贬损古人是人类历史中的儿童,神父亦坚持经验在知识和学问中的不断增长。他们把黑暗的中世纪当作历史的特殊状况排除出去。只有伟大君主统治的时代才可能给科学和艺术提供进步的环境。

对话二讨论的是建筑、雕塑和绘画。三者观

察和思考的对象首先是凡尔赛宫。他们类比了自古以来与进步理念相悖的建筑基本样式与修辞比喻,后者直到演说大师的出现方才发挥出效力。古代和现代雕塑之间差距之所以不大,原因在于这种艺术在手工上的简易性。在绘画方面他们以勒布伦为例,在光线设计上——与普遍意见(opinio communis)相反——尤其看到了上升的路线。

对话三和对话四讨论的是演说术和诗歌创作,骑士称后者是论争的核心问题。神父在这里赞成对风格和思想作出区分,因而也赞成人们满足于优秀的翻译。接着,"古代一方的自然和朴素抑或现代一方的殷勤和礼节哪个更有价值"的争论,由对话者暗示出的代表更高发展阶段必然的文明开化(Polizierung)所解决。因此,德摩斯梯尼和西塞罗的演说不再被看作难以企及的榜样,而是具有某一时期演说术特色的表达。

论诗歌的对话四以专论"批评"这一体裁开始。院长视批评为权威,而神父称这个体裁在等级上属于二流,只有蹩脚的作家才会去从事这个体裁的写作。对话最后以诗艺的定义和将之与绘画的对比结尾。属于绘画的是阴影和色彩,而属于诗艺的则是开题(inventio)、修辞格和隐喻,诗艺的主要目的是娱乐(plaire),要达到这一目的,它需借助自然的、所有民族共有的装饰(如生活、感情、激情、话语、理性)以及人为的、基于习俗的饰物,比如诸神之于神话或者天使和魔鬼之于基督教。对话者对叙事诗的解释打开了一个开阔的语境,叙事诗的古代、尤其是古希腊形式被归到人类的孩提时代。对话者一方认为,维吉尔诗歌的细腻和严整弱化了被视为集体创作的《伊利亚特》和《奥德赛》的粗鄙,当今时代凭借其作为高级文明开化标志的"礼节"和"好品味"完全有可能进一步促进这一体裁的发展。神父认为发展的可能性蕴藏在基督教叙事诗中。歌剧代表了新体裁上的意外收获——这一论据在 18 世纪的意义愈发重要。

讨论科学和技艺的对话五并非意在证明现代人理所当然的优势,而是要说明其规模的宏大。崇今派一方借助天文学的例子和望远镜、眼镜、显微镜等诸多发明,意在表明知识取得了质的飞跃。至于地理学,神父则大谈地理知识的成倍增长、哥白尼式的世界图景以及人们在地球测量和时间测量上取得的进步,他认为战术中进步表现在武器技术和包围战中工程兵的投入使用。谈及哲学时,院长言必称亚里士多德,而神父在这里也声明现代人的优势,他所凭借的论证手段是:哲学对象更为丰富的多样性(逻辑学、伦理学、物理学以及形而上学),逻辑学的简明和精确(王港逻辑),与苏格拉底的傲慢截然相反的基督教态度(谦逊、慈悲为怀),以及物理学方面更好的知识(如笛卡尔),等等。

佩罗的作品可以被看作崇今派的自我声明。忠于君主制和信仰的精英不仅是社会的中坚,他们同时也为理性和思想自由辩护。随着丰特奈尔的出现及其《离题话》(1688)在佩罗《对比》问世之前的出版,佩罗在年轻一代中赢得了一位同盟者,他摆脱了佩罗在古今之争中受君主制羁绊的立场,使人们对讨论的诗歌完全在理性主义中进行,将今人之于古人的优越在于凭借知识和方法所取得的进步,从而一举为启蒙运动开辟了道路。以笛卡尔主义为出发点,丰特奈尔的进步概念在充满偏见的人类历史层面还无法获得现代意义上的历史根基。对于古今之争的美学维度而言具有重要意义的是,丰特内尔的可完善性观念认为,相较于达到理性的高度——如科学的进程所揭示的,要抵达这个高度需要更多时间——,人们可以很快到达想象力的高度。这种思想中隐含的艺术和科学思维方式的区分还没有完全形成,无法达到为基于理性的无限完善之普遍观念服务。无论如何，人们在整个论争过程中可以看到所谓的"历史主义"(Jauss 1964,页 13)的雏形,同样,这个雏形也隐含在有关古代特色的个别表达中。随着论争的继续,论争内部的政治性内容逐渐减少,根据其内在的政治内涵,人们大可以说这场论争是两个市民派别的文化之战(Krauss/Kortum 1966, XCVII—XCVIII)。

诸艺术之系统性在论争中大略呈现出的变化具有先导意义(Kristeller 1951/1952, 1975,页 164—206)。科学同艺术相分离,而且艺术中的美艺术也在分崩离析,佩罗在其《美艺术陈列馆》(*Le Cabinet des Beaux Arts*, 1690)对此作了更为详尽地描述。基于修辞学所激发的情感交互理论(感觉、心性、理性)和构造规则,人们可以对诸种艺术进行对比。随着人们将演说术定义为"以优雅的方式,根据时间、地点、人物来言说需要描述的对象"(同上,页 42—43),演说术的重心便由写作范式转变为思维范式,这样一来,它便成为科学和美文学之间的中介。佩罗还依据传统方式将美文学区分为演说术和诗作。论争的活力,尤其是对发展性思维的强调,促使佩罗更为看重发明而非模仿,这也为 18 世纪的天才概念开辟了道路,而且也初步地削弱了以道德为标准的美和品味概念。为了对抗进步理念,院长在讨论中谈及古人是年长的,从长远来看,开辟了历史性观察方法的视域。把古代贬斥为人类的孩提时代,被视为进步论范式的坚强后盾,这种贬斥在18世纪成为古代不服从现代文明进程的正面论据。

人们如今不再把18世纪初期的荷马之争视为古今之争根本性的一个阶段。1713年,崇今派人士德拉莫特(Antoine Houdar de La Motte, 1672—1731)对达希尔夫人(Anne Dacier, 1654—1720)1699年的《伊利亚特》译本做了自由改编,这导致了人们接下来争论是否允许对人文主义的学识进行这样的现代化甚或亵渎,德拉莫特在《论批评》(*Réflexions sur la critique*, 1715)中以自己的立场与读者的品味一致说明做法的正当性,并以一切诗歌体裁中言辞的自然之名为散文消解诗歌进行辩护。关于论战风格的问题也渗入到这场争论(Guion 2006),崇今派人士指责崇古派的学究气和对人不对事(ad personam)的争论,他们认为这种做法会在上流读者,尤其在女士中间造成消极影响。布瓦洛试图通过历数女性的恶习来驳斥崇今派中积极参与的女性读者(讽刺诗第十篇),而佩罗则以《女性的申辩》(*Apologie des femmes*,1694)进行了回应。

4. 论争在启蒙中功能的变迁

随着当时愈发引人注目的问题的出现,古今之争在18世纪经历了功能上的第一次转变:人们问到,法国古典时期的作家是否应被看作新的规范——这种规范同时使他们成为新的古人——或者(尤其)经由启蒙或哲学洗礼之后的文学和艺术是否能够获得质的飞跃,亦即是否可以同样踏上进步的进程(Thoma 1976,页38及以下)。所谓古典主义时期的、自伏尔泰《路易十四时代》以降的典范作家的文学品质的不可企及,常常导致人们认为当下时代的艺术已经衰败和堕落。圣马尔(Toussaint Rémond de Saint-Mard,1682—1757)在其《三论法国品味的堕落》(*Trois lettres sur la décadence du goût*,1734)便持此说。崇古派人士、出身穿袍贵族的德·茹维尼(Jean-Antoine Rigoley de Juvigny,1709—1788)在《论法国文学之进步》(*Discours sur le progrès des lettres en France*,1772)中亦持此论,他将文学之衰颓归咎于启蒙运动的伪哲学(fausse philosophie),并坚称法国古典文学是民族性的反模式,即古人之外的第二种规范。

反对启蒙阵营的对手在古今之争动力的延续上也促进了艺术和文学领域的进步理念。特拉松神父(Jean Terrasson,1670—1750)在古今之争最后阶段所写的《论荷马〈伊利亚特〉的考据》(*Dissertation critique sur l'Iliade de Homère*,1715)就属于这一趋势内部的激进尝试。特拉松神父在文中抛弃了作为美之典范和准绳的古代,并为具有至高无上理性的新诗学奔走呼号,其目标在于"用自上世纪以来促使自然科学取得重大进步的哲学精神充盈美文学"。将美艺术也纳入其中的进步模式直至18世纪末仍然具有生命力,这种模式试图以一种与其说是审美上的、毋宁说是哲学-实践上的——即对启蒙的贡献——新规范来定义艺术作品的价值。达朗贝尔在《"百科全书"序言》(*Discours préliminaire de l'Encyclopédie*,1751)中凭借佩罗所获得的成功来驳斥与17世纪文学相对立的亦步亦趋的模仿思维,伏尔泰的作品、孟德斯鸠的《论法的精神》(*Esprit des Lois*,1748)、整个科学性的文学(die wissenschaftliche Literatur)以及小说体裁等都是那个世纪所取得的成就,革新和思想之进步是其深刻特点,就如四季(changement des saisons)是自然历史的特点一样。与此相类似的还有丰特内尔门徒维拉特(François Cartaud de la Vilate，约 1700—1737)的《以历史和哲学方式论品味》(*Essai historique et philosophique sur le goût*，1736)，该作品把气候理论和民族类型的因素引入崇今派意义上的进步纲领，影响了伏尔泰的《风俗论》(*Essai sur les mœurs*，1756)。更为简洁明了的作品要数哥本哈根文学史家梅萼刚(G. A. Méhégan，1711—1766)所著的《论艺术的变革》(*Considérations sur les révolutions des arts*，1755)。以理性在所有领域的发展为评判标准，作者看到当下时代的文学相对于 17 世纪文学所取得的进步。伏尔泰《路易十四时代》(1751)的时代构想仍是文明史视角下的。他试图与达朗贝尔携手在此构想下为"腓特烈时代"(Siècle de Frédéric)辩护，但这个尝试由于腓特烈时代缺少大师级的德语作品而告失败，因此二人退而求其次选择了"哲学时代"(Siècle philosophique)这一构想(Schröder 2002)。与此同时，进步模式促进礼貌的方面也缓慢地向民族文化模式转变。比如，伏尔泰大谈"法国人为社交的投入"(partage des Français pour la sociabilité)，杜克洛神父(Duclos)在其《论时代风俗》(*Considérations sur les mœurs de se siècle*，1751)中谈及具备良好品味和社会交际的"法兰西奇葩"。

18世纪中期,古今之争问题的视野转移到文明批判,这是第二种功能变迁的方式。由于先前所经历的异化过程,古代成为了当下世界的对立面。随着卢梭的两篇追问科学和艺术的道德改善作用以及人类不平等起源的论文的发表,一种讨论进步的新准绳得以产生。在卢梭看来,"人"这个残次品具备向更高层次发展的人本学机能,并可以在财富和权力的秩序框架中使其成为最终的损害。充满矛盾的"可完善性"观点将古今之争中的进步理念置于一种对立性的社会视野中,因此从根本上使之显得可疑,故而,人们也可以说这是法国启蒙运动的困境(Lotterie 2006)。卢梭尤为重视自然状态这个文明进程的备选方案并且也很看重斯巴达,相反,德语地区的温克尔曼和席勒则在论争中完全表现出一种文化批判的冲动。对此,他们使用了如高贵的单纯和静穆的伟大以及质朴的和感伤的诗等形象化世界,并且也没有放弃美学中的模仿纲领——尤其在温克尔曼那里。人们对古代的陌生感常常隐约表现在17世纪的古今之争中,这种感觉在18世纪不仅卷入了逐渐兴起的文化批判漩涡,而且也与"起源"魅力共同标志下的高贵野人的范畴以及反思罗马衰败原因的趋势(如孟德斯鸠的规范性解释)相结合。如果古代、单纯、严格、自然等语义场会给人造成一种复兴古代共和国的幻觉,那么斯巴达和罗马等语词也隐含着政治性内涵。

5. 时代变革中的论争

论争各方立场的延续和变化,在法国大革命时期的时代巨变中再一次变得清晰可见(Thoma 2008)。伏尔泰门徒阿尔普(Jean-François de La Harpe,1739—1803)在其《古今文学教程》(*Cours de littérature ancienne et moderne*,1799—1805)中最后一次以更加宏大的标准延续了古今之争的划分模式,而且本质上采取的是崇今派的立场,同样,孔多塞在其发表于法国大革命中的《人类精神进步史纲要》(*Esquisse d'un tableau historique des progrès de l'esprit humain*,1795)中再次肯定了这一立场。在这里,古今之争中已经暴露出来的普遍主义和历史性之间的矛盾仍然悬而未决。孔多塞依然从普遍和持续的理性规则出发,认为这些规则也适用于上至索福克勒斯下迄伏尔泰的诗作,因而,他只能在不断拓展的正确和保险的品味——它基于上述理性规则——中说明进步,而另一方面,他也认为自己有必要接受古代与当下时代的区别,这种区别是由艺术的不同生产和分布方式所决定的。不过他并未展开讨论这一点,他的主要兴趣点在于科学的进步,其残篇作品《论新大西岛》(*Sur l'Atlantide ou efforts combinés de l'espèce humaine pour le progrès des sciences*)同样如此,这部接续培根《新大西岛》的残篇作品为科学之自由及其在世界范围内的组织提供了许多方案。此外,他还提出了通过贸易来实现世俗社会的幻想,这个世俗社会最终要在普遍的社会安定和人类的平等中取得人类永久的改善(Thoma 2008)。在孔氏眼中,法国才是这一源于欧洲的世界性进步的担纲者。凭借这种囿于民族视角的启蒙运动文明史观——即便他不情愿——孔多塞赋予了法国促进文明的使命,这一思想在19、20世纪成为法国外交政治的教条并成为其殖民主义的坚强后盾(Epting 1952)。

与孔多塞的作品一样,斯塔尔夫人(1766—1817)的《论文学和社会制度的关系》(*De la littérature considérée dans ses rapports avec les institutions sociales*,1800)也触及历史哲学,不过她赋予其更高的规范性,而且她更为强烈地将视线投向内政方面。这部受早期自由主义理念、在文化视角上亦受卢梭启发的作品,仍以进步和可完善性视野下的德性、荣誉、自由和幸福等评判标准考量广义的文学概念,在她看来,这些标准既是时代的准绳也是当下和未来社会纲领的参照。为了给这一内政纲领提供理据,她构思了一种具有欧洲视野并兼及各个民族的文化史。首先,如果历史叙述仍遵循由古今之争流传的"古代与现代作品"的区别,那么,这种区分在考察中世纪时——站在启蒙运动立场的孔多塞将其完全排除在外——就会成问题,而时至作者所处时代的"黑暗时代"就会被解释为由获胜的野蛮人与落败的罗马人共同促进的革新过程,这样一来,此前历史的二分法就不再有效。因此,对兼顾审视基督教功能的多产视角的革新,也取得了效果:斯塔尔夫人——至少从其意图来看——意图从每个时代自身出发来解释该时代。

斯塔尔夫人对美艺术领域进步理念的解释仍局限在古今之争的视野范围内,她依据的是丰特内尔隐而未发的观点,即想象力会更快地得到完善,而且,将这一观点应用在古代时显得尤为成效。与此同时,她却拒绝那种通过历史性地解释古代独特、未开化的英雄时代习俗的来美化古代,而在英雄时代的解释上她陷入明显的年代混乱:她以奴隶制为例批评该时代缺乏道德哲学的涵养。

在斯塔尔夫人这里,对比主要被用于评价和定位文化民族的形成,而不再像在古今之争中那样主要是用来表达古代与当下时代的张力。从使用频率上看,"民族品格"或"民族精神"也是该作品中的核心概念。比如,德意志的优势在于对改善人类所做的诸多研究,法国则凭借其好品味等而在这种文化性民族列表中处于主宰地位。民族精神看起来似乎是影响一个民族幸福、旨趣及习惯的制度和环境造成的结果。为了证明这一点,斯塔尔夫人在讲到法国时,从准社会学的视角分析了君主制和为之担纲的宫廷、城市以及沙龙中的精英人物,以求总结出对欧洲而言逐渐具有典范性的品味的本质特点。在她看来,17世纪的文学似乎是极具想象力的大师作品库,然而它们还缺乏启蒙运动的哲学力量。她的民族文学理想的基础是这两个时期品质的综合,不过,这种理想并不要求超越其他民族的贡献,就如同该作品总的来说所具有的欧洲风格那样。

最后,夏多布里昂(1768—1848)在逃亡中所写的《论古今革命》(*Essai sur les révolutions anciennes et modernes*,1796)也带有时代巨变的烙印。他所采用的是古今之争中佩罗曾使用的对比体裁——比如在斯巴达和雅各宾派统治的对比中——,对他而言,对比的作用是证明历史进程的悲观主义和循环式的幻象。《论古今革命》这部在个别叙述中不那么独立的作品转向追问宗教的独特形式这个有趣的问题,在夏多布里昂看来,具有独特形式的宗教会代替已破产的基督教。他给出的答案预示了一种新的野蛮。然而在1802年的《基督教的守护神》(*Génie du christianisme*)中他却反对上述可疑的解释。在这部作品中,他游移在崇今派的可完善性理论中,不过,他改变了崇今派的理据:人类的改善不应归功于知识和理性的增长,而应归功于基督教。从文化史来看,基督教和它的世俗对手相比有着不同的地位。圣经先于荷马叙事诗,想象力再次具有了神圣来源,爱的语义学将激情置于一种——用今天的话讲——倒退的、因此而有强烈象征能力的僭越与弃绝之关联中,因而,基督教改变了人与人之间的关系和爱的语义学。夏多布里昂为法国召唤的榜样是高乃依的受难剧《波里耶克特》(*Polyeucte*)和拉辛晚期作品《以斯帖》(*Esther*)及《阿达莉》(*Athalie*)。在试图为基督教美学前兆下的传统构建的正当化尝试中,夏多布里昂忽视了法国的宫廷文化主要表现在异教素材中而不是基督教的文化素材。由于夏多布里昂构思的宗教、基督教和祖国的民族结构——他将祖国设想为17世纪文学的联合性纽带——对于极为缺乏对法国古典文学真实社会文化状况的认识,以至于他与佩罗的文学理解一样都注定行之不远。

6. 展望

法国大革命在世纪末并未带来美学上的革新,相反,它暂时通过文化和政治上的动力巩固了对现代状况的创作产出,其动力来自于对古代共和国的追忆。布鲁图斯是诗作与绘画中最受欢迎的主题,而堪与拉辛相提并论的古典主义画家大卫(Jacques-Louis David, 1748—1825)则被奉为可以垂范的艺术家。谢尼埃(André Chénier, 1762—1794)在其文学批评残篇《论虚构》(*L'Invention*, 1787)中认为,新思想与旧素材的关系就如新瓶装旧酒。市民阶级在19世纪的装饰画中将人们崇敬古代的精神挥霍殆尽之前(这一点在奥赛博物馆一目了然),或者在它——披着心怀共和思想的知识精英的外衣——从孔德的三段论模式过渡到由科学和技术得到巩固的合宜进步信仰之前,法国启蒙运动末期革命分子的罗马幻想可以被视为乞灵古代的最后一次尝试。

同样,将所有过去事物与当下时代区分开来

的单数名词 Moderne［现代］出现在 19 世纪,艺术、经济或是历史学视角的不同论证会呈现出不同的时代性内容。波德莱尔在诗歌《天鹅》(*Le Cygne*)中把失败者安德玛可扭送到失败的 1848 年革命诗人-天鹅手中,而兰波《地狱一季》(*Une saison en enfer*)中为颓废派开先河的格言则更显坚决,并且对古代毫无依恋之情:"人必须是不折不扣现代的(Il faut être absolument moderne)"。尽管如此,未来主义者仍将汽车的美与萨摩特拉斯胜利女神进行比较。被遗忘历史的超现实主义者称为丧尸(Kadaver)的阿纳托儿·法郎士(Anatole France)是众所周知的受启蒙运动和进步论影响的中产阶级文学代表。与古今之争在其中已成为文学史书写对象的批评不同(Rigault 1856;Gillot 1914),古代与现代在当时的诗人那里无论如何仍旧是随时可取的素材。

1800 年左右,17 世纪的法国古典主义文学已处在作为民族文学顶峰的经典化初期时,德意志民族文学在这一时期方才开始确立,并且与当时的法国一样,它也蹒跚于古代曲径的途中。在英国上演的古今之争并无创见、视域狭小并且时间跨度短暂(可参 J. Swift《书籍之战》［1704］和 Krauss/Kortum 1966,LIII—LVI),该论争以蒲伯

(1688—1744)的韵文《论批评》(*Essay on criticism*, 1711)——该文与[布瓦洛]《诗的艺术》多有唱和、承认古人在文学中的优先性——告终,鉴于英国的古今之争,卡皮察(Peter Kapitza)在其德意志古今之争的研究指出,德意志在法国古今之争兴起并开始发生效力时在文化上还处于另一种状况,因而无法从根本上吸取其动力。卡皮察认为之所以如此,是因为当时起主导性作用的是德意志作家的新教主义和宗教性的特权。不过,他也指出,德意志古今之争的语境中也出现了反对法国傲慢自负的声音。他称,1800年左右,赫尔德——不无矛盾地依据圣西门亲王的描述——描述了一个黑暗的路易十四时代,并且提出不无道理的观点:如果今人具有优势,那么,他们就不只是在法国,而是总的来说都是如此,从其表述可以看出类似反思在赫尔德那里仍有痕迹。在晚近对哥特舍德(Pago 2003)和温克尔曼(Mueller 2007)的研究中,研究者对卡皮察的观点有所修改。从语义场理论视角出发,穆勒的研究将温克尔曼与古今之争的关系解释为文化转移后果中古今之争的"古希腊-理想转向"(griechisch-idealische Wendung)。此前,有论者在温氏文钞的研究中确认了温克尔曼已明显意识到了古今之争(Décultot 2002)。

赫尔德犹疑的态度在 1800 年前后可谓特立独行。歌德的普遍主义、席勒的《希腊诸神》(*Götter Griechenlands*, 1788)——这首诗将基督教一神论时代理解为失落和异化的时代——以及小施勒格尔的美学,都是(这里无法展开)系统哲学之外独特视野的主要回答,不同于同时代的法国,这种视角主要是将古希腊并非将古罗马作为参照,它尽可能地舍弃行之不远的政治特性。古希腊这个圣地在文化批判中摇摆不定:对于荷尔德林而言它是梦寐以求的地方,对于席勒而言是认知阐释性当下的动力,"这里所说的感情并不是古人所抱有的感情,而是那种我们一厢情愿认为古人曾抱有的感情"(转引自 Alt, 2006)。文化批判、美学与游戏、历史性、新神话等都是如下思维的口号,这种思维介于世俗的隔膜、寻求和解以及审美的现代性意志之间,而民族文化的考量在这种意志中并不占中心地位。只有以这样的方式,古今之争中德意志历史哲学和美学的广阔视野才能得以保存。

参考文献

Bodin, J. (1576): *Les six livres de la République*. Paris.

Boileau, N. (1966): *L'Art poétique* [1674]. In: *Œuvres*

complètes. Paris.

Boileau, N. (1966): *Réflexions critiques sur quelques passages de Longin* [1692—1694] In: *Œuvres complètes*. Paris, 494—543.

Boileau, N. (1966): *Traité du sublime ou du merveilleux dans le discours*. Traduit du grec de Longin [1674]. In: *Œuvres complètes*. Paris, 333—440.

Cartaud de la Villate, F. (1736): *Essai historique et philoso-phique sur le goût*. London.

Chateaubriand, Fr.-R., Vicomte de (1797): *Essai historique, politique et moral sur les révolutions anciennes et moder-nes considérées dans leurs rapports avec la révolution française*. London.

Condorcet, M. J. A. Nicolas Caritat, Marquis de (1795 posth.): *Esquisse d'un tableau des progrès de l'esprit hu-main*. Paris.

Desmarets de Saint Sorlin, J. (1757): *Clovis ou la France Chrestienne*. Paris.

Du Bellay, J. (1549): *La Deffence et illustration de la Langue françoyse*. Paris.

Duclos, Ch. P. (1751): *Considérations sur les mœurs de ce siècle*. Paris.

Fleury, C. (1665): *Remarques sur Homère*. Paris.

Fontenelle, B. le Bovier de (1688): *Digressions sur les*

Anciens et les Modernes. Paris.

Houdar de la Motte, A. (1715): *Réflexions sur la critique*. Paris.

La Harpe, J. Fr. de(1799—1805): *Lycée, ou Cours de littéra-ture ancienne et moderne*. Paris.

Méhégan, G. A. (1971): *Considérations sur les révolutions des arts* [1755]. Paris.

Perrault, Ch. (2001): *Le siècle de Louis le Grand* [1687]. In: *La querelle des Anciens et des Modernes. XVIIe—XVIIIe siècles* (2001), Textauswahl, hg. v. A. M. Lecoq. Paris, 257—273.

Perrault, Ch. (1688—1697): *Parallèle des anciens et des mo-dernes en ce qui regarde les arts et les sciences*. 5 Bde. Paris.

Pope, A. (1711): *Essay on criticism*. London.

La querelle des Anciens et des Modernes. XVIIe—XVIIIe siècles (2001). Textauswahl, hg. v. A. M. Lecoq. Paris.

Rapin, R. (1674): *Réflexions sur la Poétique d'Aristote et sur les Ouvrages des Poètes Anciens et Modernes*. Paris.

Rémond de Saint-Mard, T. (1734): *Trois Lettres sur la déca-dence du goût en France*. La Haye.

Staël, A. L. G. de(1998): *De la littérature considérée*

dans ses rapports avec les institutions sociales [1800], hg. v. A. Blaeschke. Paris.

Terrasson, J. (1971): *Dissertation critique sur l'Iliade d'Homère* [1715]. 3 Bde. Genf.

Rigoley de Juvigny, J.-A. (1772): *Discours sur les progrès des Lettres en France*. Paris.

Saint-Évremond, Ch. de (1672): *Réflexions sur la tragédie ancienne et moderne*. Paris.

Voltaire (1751): *Le Siècle de Louis XIV*. Berlin.

Sekundärliteratur

Alt, P.-A. (2006): »Die Griechen transformieren. Schillers moderne Konstruktion der Antike«. In: Hinderer, W. (Hg.): *Friedrich Schiller und die Wege der Moderne*. Würzburg, 338—363.

Baron, H. (1959): »The Querelle of the Ancients and the Moderns as a Problem for Renaissance Scholarship«. In: *Journal of the History of Ideas* XX, 3—22.

Bender, Kh. (2007): »Wer ist die ›Nummer 1‹? Die Antwort des Sonnenkönigs.« In: *Romanistische Zeitschrift für Li-teraturgeschichte* H. 1—2, 17—26.

Bernier, M. A. (Hg.) (2006): *Parallèle des anciens et des mo-dernes. Rhétor-ique, histoire et esthétique au siècle des Lu-mières*. Laval.

Bonnefon, Paul(1904): »Charles Perrault: Essai sur sa vie et ses ouvrages«. In: *Revue d'histoire littéraire de la France* 11, 365—420.

Buck, A. (1958): »Aus derVorgeschichte der Querelle des Anciens et des Modernes in Mittelalter und Renais-sance«. In: *Bibliothèque d'Humanisme et de Renaissance*, Bd. 20, 527—541.

Décultot, É. (2002): »Theorie und Praxis der Nachahmung: Untersuchungen zu Winckelmanns Exzerptheften«. In: *DVjs* 76, 233—252.

Duchhardt, H. (1990): *Altes Reich und europäische Staaten-welt 1648—1806*. München.

Epting, K. (1952): *Das französische Sendungsbewußtsein im 19. und 20. Jh*. Heidelberg.

Fumaroli, M. (2001): »Les abeilles et les araignées«. In: *La querelle des Anciens et des Modernes. XVIIe—XVIIIe sièc-les* (2001), hg. v. A. M. Lecoq (Quellen), 8—218.

Fumaroli, M. (2013): *Le sablier renversé. Des Modernes aux Anciens*. Paris.

Gillot, H. (1914): *La querelle des anciens et des modernes en France*. Nancy/Paris.

Gicquiaud, G. (2006): »La balance de Clio: réflexions

sur la poétique et la rhétorique du parallèle«. In: Bernier, M. A. (Hg.), 29—47.

Goez, W. (1958): *Translatio Imperii. Ein Beitrag zur Ge-schichte des Geschichtsdenkens und der politischen Theo-rien im Mittelalter und in der frühen Neuzeit*. Tübingen.

Guion, B. (2006): »›Une dispute honnête‹: la polémique se-lon les Modernes«. In: *Littératures classiques* 59, 157—172. Hauser, A. (1953): *Sozialgeschichte der Kunst und Literatur*. München.

Jauss, H.-R. (1964): »Ästhetische Normen und ge-schicht-liche Reflexion in der ›Querelle des Anciens et des Modernes‹«. In: Ders. (Hg.): *Parallèle des Anciens et des Modernes en ce qui regarde les arts et les sciences*. Mün-chen, 8—66.

Kapitza, P. K. (1981): *Ein bürgerlicher Krieg in der gelehrten Welt. Zur Geschichte der Querelle des An-ciens et des Mo-dernes*. München.

Kortum, H. (1966a): »Die Hintergründe einer Akade-miesitzung im Jahr 1687«. In: Krauss/Kortum, LXI—CXI. Kortum, H. (1966b): *Charles Perrault und Nicolas Boileau. Der Antike-Streit im Zeitalter der klassischen französi-schen Literatur*. Berlin.

Krauss, W./Kortum, H. (Hg.)(1966): *Antike und*

Moderne in der Literaturdiskussion des 18. Jahrhunderts (kom-mentierte Textsammlung). Berlin.

Krauss, W. (1966): »Der Streit der Altertumsfreunde mit den Anhängern der Moderne und die Entstehung des ge-schichtlichen Weltbildes«. In: Krauss/Kortum, IX—L.

Krüger, R. (1986): *Zwischen Wunder und Wahrscheinlich-keit: die Krise des französischen Versepos im 17. Jahrhun-dert*. Marburg.

Köhler, E. (1972): »›Ingrat‹ im Theater Racines«. In: *Inter-pretation und Vergleich*. FS W. Pabst. Berlin, 129—144.

Kristeller, P. O. (1975): »Das moderne System der Künste«. In: Ders.: *Humanismus und Renaissance* (hg. v. E. Kess-ler). München, 164—206 [zuerst in: *Journal of history of ideas* 12, 1951].

Lotterie, F. (2006): *Progrès et perfectibilité: un dilemme des Lumières françaises*(1755—1814). Paris.

Margiotta, G. (1953): *Le origini italiane della Querelle des Anciens et des Modernes*. Rom.

Mayer, Ch. O. (2012): *Institutionelle Mechanismen der Ka-nonbildung in der Académie française: Die ›Querelle des Anciens et des Modernes‹ im Frankreich des 17. Jahrhun-derts*. Frankfurt/Main u. a.

Müller, U. (2007): *Feldkontakte, Kulturtransfer, kulturelle Teilhabe. Winckelmanns Beitrag zur Etablierung des deut-schen intellektuellen Felds durch den Transfer der » Que-relle des anciens et des modernes«*. 2 Halbbde. Leipzig.

Pago, Th. (2003): *Johann Christoph Gottsched und die Re-zeption der » Querelle des Anciens et des Modernes« in Deutschland*. München.

Rigault, H. (1856): *Histoire de la querelle des anciens et des modernes*. Paris.

Schlobach, J. (1980): *Zyklentheorie und Epochenmetapho-rik. Studien zur bildlichen Sprache der Geschichtsreflexion in Frankreich von der Renaissance bis zur Frühaufklä-rung*. München.

Schröder, C. (2002): *» Siècle de Frédéric« und »Zeitalter der Aufklärung« : Epochenbegriffe im geschichtlichen Selbst-verständnis der Aufklärung*. Berlin.

Thoma, H. (1976): *Aufklärung und nachrevolutionäres Bür-gertum in Frankreich. Zur Aufklärungsrezeption der fran-zösischen Literaturgeschichte des 19. Jahrhunderts*(1794—1914). Heidelberg.

Thoma, H. (1979): » Literatur-Didaktik-Politik. Zur Rezeptionsgeschichte der Französischen Klassik«. In: Kloepfer, R. u. a. (Hg.): *Bildung und Aus-*

bildung in der Romania. Bd. 1. München, 165—185.

Thoma, H. (2008): »Das französische Kulturmodell um 1800 im Spiegel der Querelle des Anciens et des Moder-nes«. In: Ehrlich, L. /Schmidt, G. (Hg.): *Ereignis Weimar-Jena. Gesellschaft und Kultur um 1800 im internationalen Kontext*. Köln/Weimar/Wien, 195—216.

Thoma, H. (2008): »Kunst und Kritik«. In: Rohbeck, J. / Holzhey, H. (Hg.): *Grundriss der Geschichte der Philoso-phie. Die Philosophie des 18. Jahrhunderts*. Bd. 2: Frank-reich. 2. Halbbd. Basel, 755—796.

Viala, A. (1985): *Naissance de l'écrivain : sociologie de la lit-térature à l'âge classique*. Paris.

歌德与古今之争[①]

勒 策

17世纪末法国的那场争论,即便对于当下而言也无疑是围绕古代榜样最为著名的论争。它不仅是一场文学之争,而且也涵盖了该时期的整个文化谱系。虽然人们持有不同的观点和比较领域,但是,该论争的传统久矣,可以上溯到古代。库尔提乌斯在《欧洲文学与拉丁中世纪》一书中称古今之争为"文学史和文学社会学的恒久现象"。

论争的外部起因是佩罗于1687年1月27日在法兰西学院诵读的诗歌《路易十四时代》,他在诗中将路易十四时代与奥古斯都时期相提并论。虽然他也赞美古人的伟大,但是他的前提是,经过科学和艺术的进步,现代人也会超越古代的典范。

---

① 译按:此文译自作者为《歌德手册》(*Goethe Handbuch*. Bd. 4/2. Hg. von Hans-Dietrich Dahnke; Regine Otto. Metzler 1998)所写的条目。

作为好古者一方代表的布瓦洛，奋起反击这种试图取消古人不容置疑、可资效仿的伟大性的企图。为了回击崇古派的批评，佩罗随即将自己的时代对比的作品详加扩充，写成后来的《古今对比》（1688—1697）一书，该作品以妥协结尾，区分了美艺术与经验科学。作为不可反复之进程的科学进步概念也同样适用于"以不同方式进行循环式发展"（Jauss，页43）的艺术。尽管佩罗仍持守着绝对之美的观念，但是他并不认为古典文学作品中的美之理念是万世皆准的模范榜样。不过，这种理念仍具有形式-美学的意义，可与其他的新内容以及各个时期主流的时代品味相竞争。

在德意志，人们认真地观察着并不厌其烦地评论着这场论争。与之有直接联系的证据一直延续到18世纪末。如果将德意志17世纪以来的讨论与1687年以来对法国论争文献的接受相对比，我们可以明确看到一些在趋势上与佩罗的妥协做法相类似的内容，比如，人们在论辩中也区分了经验科学与艺术。伴随着理性的主宰、时代精神的天才以及各个时代主导的品味等的出现，美之理念的重要性渐渐被消解。永恒美的概念并没有完全消失，其未消失的前提是人们在任何时代都以新的、不同的方式在接近它。在这一连串论争之后人们最终得出,各个历史时期没有可比性,古代被视为自成一体的遥远过去。

歌德对论争的表述并不直接与古今之争相关,其表述一方面让人联想到德意志一直持续到席勒和小施勒格尔等人的讨论,另一方面可以回溯到一些古今之争之前的立场。然而,歌德将"古人"与"今人"之间的对立态度一直延续到自己与浪漫派诗作理论的论争中来。与法国的对立双方不同,他将对比只局限在美艺术上,在这里至少是把有关技术性进步的问题排除在外的。歌德所持的仍然——或曰重新——是一种普遍和永恒之美的观点,这种美能够在所有由历史决定的、部分程度上无可比性的状况中循环性地重复,如同在螺旋不断上升的层面上。他的核心概念是各个具体历史条件下天才的个性。歌德认为,古人和今人都与具有不同历史表征的美之理念有共通之处,这样一来,他就削弱了进步的、不可往复的可完善性概念——因为可完善性必定能够赋予今人相对于古人而言的优越性。

在歌德看来,"古人"和"今人"等术语首先并不具备历史性的区分特性,它们表示了——席勒意义上的——质朴的、融入世界和谐的想象力与感伤的、传授思辨的世界经验之间的对立。这种思想最早见于歌德1805年的《温克尔曼及其时代》一文。他在1813年和1816年写的文章《说不尽的莎士比亚》中以列表形式对举了"古代"和"现代":"质朴的-感伤的;异教-基督教的;英雄的-浪漫的;现实的-理想的;必然-自由;应然-意欲"(译按:中译可参《歌德文集》卷10,人民文学出版社,页239)。莎士比亚虽是"真正的现代作家,他与古人之间隔着一道鸿沟",但是,"莎士比亚热情洋溢地将古与今结合起来,在这一方面他是独一无二的"。歌德深知古代与现代诗作——必然与应然相对于自由和意欲——之间的历史性差异,因为这就是"为什么我们的艺术和我们的感知方式与古典艺术和古典感知方式永远相隔的原因"。在这一历史性差异之外他同时也在新的美学层面看到了和谐综合的可能性,相互对立在其中可以得到消解。由此,歌德吸纳了席勒(《论伤感和朴素的诗》,1795/96)和小施勒格尔(《论希腊诗研究》,1797)二者的思想。

歌德在转变中的坚持体现在其艺术天才之中。1818年,他在《古代与现代》一文中如是说,"我们现在不谈旧与新,过去和现在,而只是作个一般性的结论:每一部艺术品都把我们带到作者所处的情绪当中"(译按:中译见同上,页260)。

不过,这种天才的"艺术作品"是和超越个人的标准息息相关的。为了定义这些标准,歌德再次求助于古代,"每个人都应该以自己的方式成为希腊人!但他应该做希腊人"(同上,页263)。这一号召并非旨在要求人们回顾性地重复或者模仿古代典范,相反,它指的是对美学规则的革新,"我们多次重复过的真诚信念就是:每个时代都有最杰出的天才,但并不是每一个时代都能让天才尽善尽美地展现自己"(同上)。

在歌德看来,古今之争在古典与浪漫的对立中达到高潮。他所指的古典是,民族文学不借助形式上的模仿而有可能援取古代时期已经形成的美学前提。在《古典派和浪漫派在意大利的激烈斗争》(1820)一文里,歌德暗示了崇古者和崇今者之间有可能做出妥协:现代从细致入微的古代研究中取得进步发展,以至于艺术家"不知道,他虽从古代开始,但结局是现代"(同上,页270)。在歌德看来,浪漫则扬弃了这种让新事物得以发展的延续性。

尽管歌德将古代诗作视为不可重复的事物,但他同时也不断强调古代对于后世在规范上的推动力,将二者联系起来的关节则是他的古典概念。

参考文献

Curtius, Ernst Robert,《欧洲文学与拉丁中世纪》(*Europäische Literatur und lateinisches Mittelalter*. Bern, München 1948),林振华译,浙江大学出版社,2017;

Jauß, Hans Robert,"古今之争中的美学范式与历史反思 Ästhetische Normen und geschichtliche Reflexion in der Querelle des Anciens et des Modernes",见 Perrault, Charles,《艺术与科学中的古今对比》(*Parallèle des anciens et des modernes en ce qui regarde les arts et les sciences*. Hg. von Max Imdahl u. a. München 1964),页 8—64;

Jauß, Hans Robert,"(小施勒格尔与席勒对古今之争的答复)Friedrich Schlegels und Friedrich Schillers Replik auf die Querelle des Anciens et des Modernes",见氏著,《作为挑衅的文学史》(*Literaturgeschichte als Provokation*. Frankfurt/M. 1970),页 67—196;

Kapitza, Peter,《学人族中的市民战争——论德意志古今之争史》(*Ein bürgerlicher Krieg in der gelehrten Welt. Zur Geschichte der Querelle des Anciens et des Modernes in Deutschland*. München 1981);

Kortum, Hans,《佩罗与布瓦洛——法国古典文学时代的古今之争》(*Charles Perrault und Nicolas Boileau. Der Antike-Streit im Zeitalter der klassischen französischen Literatur.* Berlin 1966);

Rötzer, Hans Gerd,《简论古今之争》(*Traditionalität und Modernität in der europäischen Literatur. Ein Überblick vom Attizismus-Asianismus-Streit bis zur Querelle des Anciens et des Modernes.* Darmstadt 1979)。

译后记

西方古今之争的研究文献如今可谓汗牛充栋(本书附录所列仅九牛一毛)。不过,对于这一问题的认识是否随着文献的增多而有长进,则是另外一回事。究其根本,古今之争可以被视为这样一场争论:以文艺学为爆发点,背后是围绕着古今哲学和政治优劣、人性灵魂高低的论争(刘小枫,《古典学与古今之争》)。故而,将启蒙时期启蒙哲人与教士之间的争端说成是"一场争夺人类灵魂的永恒冲突"也不为过(贝克尔,《18世纪哲学家的天城》),因为,它可以被看作是对古今之争的推进和深化。不过,按照西方学界对古今之争历史的划分,似乎古今之争在18世纪初便结束了——本书作者的看法与主流看法一脉相承。这种狭义上的古今之争显然与这场冲突的"永恒性"矛盾。

这本简论古今之争的小册子出自文艺学专家

勒策教授之手。熟悉古今之争主题的读者应该不难想见,作者囿于学科之见,只看到古今之争是一场文学论争,而未能看到古今之争背后"根本上是现代哲学或科学与古代哲学或科学之间的一场争论"(施特劳斯,《我们时代的危机》)。当然,这不只是本书作者一人的不足,自古今之争的研究以来,西方主流的看法大体如此。

"对译文的选择也是对学术眼光的检验"。无论就眼界和深度而言,该选题本不足称道。译文完全是由于译者出于对此问题的兴趣,一时冲动信手译出。如果说有所得的话,那就是:在后续其他的关键文献阅读中,译者除了对古今之争这一近代史标志性事件有了粗浅认识,还体会到,突破学科壁垒虽然艰难,但是必要,否则,所谓的学术传承,除了延续固见,对真知的增长毫无助益,这与学术的初衷相悖。这部习译就算是对自己的警戒罢!

幸赖刘小枫老师和沪上资深出版人倪为国老师二位先生长久以来奖掖后学,欣然接受译稿,使译者的劳作有机会与读者见面。再次感谢二位先生在学术上海纳百川的胸襟。

最后,特别感谢国家留学基金管理委员会(CSC)对译者长达四年的资助,使译者能够接触到丰富的西学文献,在悠游中根据自己的喜好从容研究、翻译,并有机会进一步辨识西学的底色。

温玉伟
2017 年 7 月
于德国比勒费尔德

图书在版编目(CIP)数据

欧洲文学中的传统与现代:简论"古今之争"/(德)勒策著;温玉伟译.--上海:华东师范大学出版社,2020
 ISBN 978-7-5675-8652-9

Ⅰ.①欧… Ⅱ.①勒… ②温… Ⅲ.①欧洲文学—文学研究 Ⅳ.①I500.6

中国版本图书馆 CIP 数据核字(2020)第 141383 号

华东师范大学出版社六点分社
企划人 倪为国

Traditionalität und Modernität in der europäischen Literatur
by Hans Gerd Roetzer
Copyright © Hans Gerd Roetzer
Simplified Chinese Translation Copyright © 2020 by East China Normal University Press Ltd
All rights reserved.
上海市版权局著作权合同登记 图字:09-2018-1153 号

快与慢
欧洲文学中的传统与现代:简论"古今之争"

著　　者	(德)勒策
译　　者	温玉伟
责任编辑	倪为国
责任校对	彭文曼
封面设计	姚　荣
出版发行	华东师范大学出版社
社　　址	上海市中山北路 3663 号 邮编 200062
网　　址	www.ecnupress.com.cn
电　　话	021-60821666 行政传真 021-62572105
客服电话	021-62865537 门市(邮购)电话 021-62869887
地　　址	上海市中山北路 3663 号华东师范大学校内先锋路口
网　　店	http://hdsdcbs.tmall.com
印 刷 者	上海盛隆印务有限公司
开　　本	787×1092 1/32
印　　张	7.625
字　　数	90 千字
版　　次	2020 年 10 月第 1 版
印　　次	2020 年 10 月第 1 次
书　　号	ISBN 978-7-5675-8652-9/B·1162
定　　价	58.00 元
出 版 人	王　焰

(如发现本版图书有印订质量问题,请寄回本社客服中心调换或电话 021-62865537 联系)